Instare
7

Å

Nicolás Jaar
Ilhas

Tradução de Daniella Domingues
Editora Âyiné

Nicolás Jaar
Ilhas
Título original
Isole
Tradução
Daniella Domingues
Revisão
Andrea Stahel
Projeto gráfico
CCRZ
Imagem da capa
Victor Galvão,
Volcán Chico,
Galápagos, 2017

© 2024, Timeo
© 2025, Âyiné

Editora Âyiné
Praça Carlos Chagas
30170-140 Belo Horizonte
ayine.com.br
info@ayine.com.br

Isbn 978-65-5998-217-2

Direção editorial
Pedro Fonseca
Direção de arte
Daniella Domingues
Produção executiva
Gabriela Forjaz
Editora convidada
Alice Ongaro Sartori
Redação
Andrea Stahel
Comunicação
Tommaso Monini
Comercial
Renan Vieira
Atendimento
Lorraine Bridiene
Site
Sarah Matos
Conselho editorial
Lucas Mendes

Sumário

7   Wrenn e os Poços de Solwdø
31   O saca-anzol
109   Wathrì e a lendária operação Sankère
117   O caminho oco

Wrenn e os
Poços de Solwdø

Por vezes Wrenn se deitava diagonalmente sobre o barco de seu pai, e observava a espuma se formar e desaparecer. Ela poderia dizer o quão perto estava da costa só de olhar para a espuma que circundava o pequeno barco. Essa era a única maneira de escapar da ilha. Lá as coisas nunca mudavam, mas no barco cada onda era nova. Essa manhã ela estava deitada com o rosto sob os assentos de madeira que escondiam sua cabeça do sol. Caiu no sono e quando acordou o sol mal havia se movido.

As pessoas na ilha diziam que o Mar era um Deus. O Deus deles. Ela perguntava ao seu povo: «Será que não existem outras ilhas e será que elas não partilham o mesmo mar?».

«O mar lá não é o mesmo», eles responderiam. A ilha mais próxima estava a algumas horas de barco. Ela nunca esteve lá. A maioria das pessoas da ilha nunca saiu. Mas essa indagação a queimava por dentro. Era tão fácil chegar lá, todos sabiam que estava a apenas algumas horas. Naquela manhã, num desenho repentino, ela decidiu faltar à escola e dirigir o barco de seu pai até lá.

A viagem foi fácil. Ela sabia em que direção seguir, pois todos os mais velhos apontavam para a mesma direção quando diziam «os outros». Depois de cerca de uma hora começou a enxergar os contornos de uma pequena massa de

terra. Parecia ser mais triangular que sua ilha e, conforme ela se aproximou, percebeu uma linha fina de fumaça fumegando pelo topo. Haveria um incêndio?

Ao se aproximar da ilha notou alguns adolescentes da sua idade nas rochas da costa, eles lhe acenaram e ela conduziu o barco em sua direção. Eles apontaram a um lugar onde poderia atracar e ela seguiu suas instruções. Ao sair do barco, agradeceu aos jovens e, para sua surpresa, eles responderam de volta no mesmo idioma de sua ilha. O sotaque deles era diferente, mas a maioria das palavras eram as mesmas. Ela perguntou sobre o fogo no topo da ilha e eles sorriram, respondendo que não era fogo. Era Deus, eles lhe disseram. E disseram que, se ela ficasse até a noite, veria os pássaros vermelhos.

«O Deus da nossa ilha é o Mar», ela lhes disse.

«O nosso também», disseram os adolescentes. Eles tinham dois Deuses: o Deus Fumegante e o Deus Espumante. Eles apontaram para o alto, para o vulcão, com sua mão direita, e para baixo, para o mar, com a esquerda. Essa era a posição de oração da ilha. Ela os seguiu até suas casas onde eles a visitante a seus amigos. Wrenn comeu com eles e descreveu como as coisas funcionam em sua ilha. Por exemplo, explicou a eles como os casamentos eram decididos por uma cerimônia onde os corpos das mulheres e homens que estariam para se casar eram postos a flutuar no mar, e os casais eram decididos ao se observar quais corpos eram aproximados pelas ondas. Os adolescentes então lhe contaram como seus casamentos eram decididos. Em seu vigésimo terceiro ano, casais diferentes estariam livres para ter 23 dias de namoro, mas, na vigésima terceira noite, eles deveriam ir para a frente do vulcão e recitar uma oração que pedia para que sua união fosse julgada; se os pássaros vermelhos voassem na conclusão da oração, então o

casamento poderia seguir. Adultos assistiam enquanto essas conversas entre os adolescentes e a visitante aconteciam, e sua expressão de preocupação lembrou Wrenn de seus adultos, então ela pensou que era melhor voltar para casa antes do pôr do sol. Ela disse a seus novos amigos que voltaria. Os adolescentes se enfileiraram e rezaram para que ela chegasse em casa em segurança. Eles se colocaram lado a lado em posição de oração, apontando para o mar e para a montanha de fogo. Ficaram assim até quase não serem mais vistos.

    O sol se pôs silenciosamente na costa atrás da iha triangular e ela assistia enquanto pequenos pássaros vermelhos voavam pelo topo. Chegou em sua ilha na escuridão e ninguém notou que ela havia saído. Ninguém exceto o professor Eksa, que ela encontrou no caminho para a escola na tarde seguinte.

Professor Eksa: Onde você esteve ontem, Wrenn? Esteve doente?
Wrenn: Sim, não me sentia bem. Comi algo estragado.
Professor Eksa: Ah. Bem, veja se descansa um pouco.
Wrenn: Obrigada, professor Eksa.

O professor Eksa virou a esquina, deixando Wrenn sozinha na rua principal. Wrenn correu na direção do professor Eksa para alcançá-lo novamente.

Wrenn: Professor Eksa?

O professor Eksa se virou.

Professor Eksa: Sim, Wrenn?
Wrenn: Você já esteve em outras ilhas?
Professor Eksa: Por que você pergunta, Wrenn?

Wrenn: Sei lá, ouvi dizer que eles cultuam outras coisas.
Professor Eksa: Sim. Eles cultuam outros Mares.
Wrenn: E eles cultuam alguma outra coisa?
Professor Eksa: Apenas os Mares podem ser cultuados. Você sabe.
Wrenn: Mas existem outras ilhas que cultuam outra coisa?
Professor Eksa: Apenas os Mares podem ser cultuados.
Wrenn: Mas, professor, eu estive em outras ilhas e sei que eles não cultuam apenas Mares.
Professor Eksa: Como assim você já esteve em outras ilhas?
Wrenn: Quer dizer, nos meus sonhos.

Wrenn não se sentiu confortável em dizer a ninguém na ilha o que ela havia feito. Pelo menos não ainda.

Professor Eksa: E o que as outras ilhas cultuavam nos seus sonhos?
Wrenn: A ilha era um triângulo e as pessoas de lá cultuavam o topo do triângulo, que tinha uma fina linha de fumaça, e, à noite, pássaros vermelhos voavam para fora dele.
Professor Eksa: Pássaros vermelhos?
Wrenn: Lindos pássaros vermelhos que brilhavam na noite. Eles eram como faróis voadores. Mas as pessoas da ilha também cultuavam o Mar. Cultuavam ambos.
Professor Eksa: Seu sonho é lindo mas impossível, Wrenn. Não há uma alma neste mundo capaz de cultuar algo na ilha e o mar ao mesmo tempo. Eles teriam que se partir ao meio para existir assim. Teriam que ser terra e água, seriam lama. Suas orações se dissipariam.
Wrenn: Mas eles tinham corpos como você e eu, e falavam nossa língua.

Professor Eksa: Seu sonho é lindo, mas impossível. Você se lembra da Oração da Tinta?

O professor Eksa recita a Oração da Tinta:

Nossa língua é a língua do mar.
O mar é a tinta de Deus.
Linguagem é nossa espuma.
Ajude-nos a ler-te, ó Água errante.

Professor Eksa: Não se pode escrever em tintas de duas cores diferentes.
Wrenn: Por que não?
Professor Eksa: Porque uma dilui a outra.
Wrenn: Mas ainda não seria... legível?
Professor Eksa: (rindo) Questões sobre Deus não têm a ver com legibilidade.
Wrenn: E têm a ver com o quê?
Professor Eksa: Você sabe, Wrenn. Você já viu a espuma se formar e se dissipar. Quando nossos anciãos lêem a espuma estão mais próximos do Seu Mundo. Ele é o Único Deus Espumante. A espuma não faz perguntas e não dá respostas. É assim que sabemos que é verdade.
Wrenn: Então você acha que as pessoas no meu sonho tinham um Deus que faz perguntas?
Professor Eksa: Se ele é dividido, então deve fazer. Mas, se deve, então ele não é Deus. É por isso que seu sonho é impossível, Wrenn. Não há uma alma neste mundo que possa adorar algo na terra e no mar. Pense na Oração da Ilha:

Você nos cerca, você nos cerca, você nos cerca.
Nós aceitamos. Nós aceitamos. Nós aceitamos.

Eles pararam em um jardim de macieiras. O professor Eksa sorriu para Wrenn. Wrenn baixou o olhar silenciosamente.

Professor Eksa: É normal se fazer essas perguntas, Wrenn.

Como Wrenn permanecia em silêncio, o professor Eksa continuou.

Professor Eksa: Pense no seguinte: nesse seu sonho, como você foi até a ilha?
Wrenn: Eu peguei o barco do meu pai.
Professor Eksa: E por onde você navegou para chegar à outra ilha?
Wrenn: Pelo mar.
Professor Eksa: E em que ficava a outra ilha?

Silêncio.

Wrenn: Estava no mar.
Professor Eksa: Você está me acompanhando? Este é o verdadeiro significado do seu sonho.

Silêncio.

Wrenn: Obrigada, professor Eksa.
Professor Eksa: Disponha, Wrenn. Vejo você na aula.

O professor Eksa se afastou em direção à entrada dos professores, passando pelo jardim de macieiras. Mas Wrenn o seguiu novamente.

Wrenn: Desculpe, professor, mas você também sonha com outras ilhas?

Silêncio.

Professor Eksa: O tempo todo Wrenn. É normal.

O professor Eksa sorriu para Wrenn e entrou no prédio.

Wrenn voltou pelo jardim e decidiu ficar ali um pouco. Deitou embaixo de uma árvore e pensou em sua conversa com professor Eksa. Adormeceu e começou a sonhar. Sonhou que estava deitada em seu barco pensando sobre a outra ilha, e em seu sonho ela decidiu ir porque ainda não havia ido. A ilha era justamente como era na vida real. O sonho era uma réplica de sua experiência real, e, enquanto ela assistia aos pássaros voarem do topo da ilha, ela acordou no sonho e se deu conta de que toda a jornada foi um sonho. Isso fez com que ela acordasse no jardim, confusa sobre o que era real e o que não. Decidiu faltar à escola mais uma vez e andar até a costa. Lá, sentou perto de Wirna, um velho pescador amigo de seu pai.

Wirna: Como vai o papai? Os negócios continuam bem?
Wrenn: Sim, sim.
Wirna: Que bom, isso é sempre bom. Eu o conheci quando ele era menor que um peixe!

Wrenn ri.

Wirna: E como vai você Wrenn? Você não tem escola agora?

Silêncio.

Wrenn: Wirna, você ainda sonha?

Wirna: Claro, Wrenn. Você acha que as pessoas velhas param de sonhar?
Wrenn: Eu não sei.
Wirna: Sim, Wrenn. Acredite ou não, ainda sonhamos.
Wrenn: Você acha que Deus cria nossos sonhos?
Wirna: Quem mais os criaria?
Wrenn: Hum... Talvez nós mesmos?
Wirna: Nós? Você quer dizer nossas mentes?
Wrenn: Sim.
Wirna: (Risos) Wrenn. Quando pesco um peixe, eu pesco o peixe ou é o Mar que me dá o peixe?
Wrenn: O Mar que te dá o peixe?
Wirna: O que vale para os peixes vale para os sonhos.
Wrenn: Então nós pescamos os sonhos?
Wirna: Claro!

Silêncio.

Wrenn: Qual o maior sonho que você já pescou?
Wirna: Ah. (Risos) Sonhei que eu pesquei um peixe do tamanho de uma árvore!
Wrenn: E você fez isso na vida real?
Wirna: (Risos) Não!
Wrenn: Ah.

Silêncio.

Wirna: E qual foi o maior sonho que você já pescou, Wrenn?
Wrenn: Sonhei que eu fui para outra ilha.
Wirna: Ah. Mas isso não precisa ser um sonho. É fácil ir. É que todo mundo aqui é tão mal-humorado.
Wrenn: Você já foi?

Wirna: Claro!
Wrenn: E como é?
Wirna: É exatamente como esta ilha.
Wrenn: Exatamente?
Wirna: Nem uma única diferença. Exceto que lá eu consigo vender o peixe por um pouco mais de dinheiro! (Risos)

Wrenn voltou ao barco de seu pai, se deitou na costa e assistiu ao sol entrar no Mar. Assistiu à espuma se formar e se dissipar perto de seus pés. Escurecia mas a lua estava cheia. Ela ligou o barco e seguiu em direção à outra ilha. Tinha tantas perguntas e não sabia em quem confiar. Depois do sonho da tarde no jardim ela não confiava nem mesmo em sua própria mente. A escuridão não a assustava, em algum momento veria os pássaros vermelhos e saberia para onde ir.

Navegou por uma hora na escuridão. O mar estava calmo, e ela também. Estava feliz em voltar para seus amigos da ilha triangular. Provavelmente estariam jantando em breve e ela se juntaria a eles e contaria outras histórias sobre sua ilha, porém mais uma hora se passou e ainda não havia nenhum sinal de nada à distância. Ela começou a ficar preocupada e parou, a escuridão ao seu redor. Simplesmente iria pela manhã, pensou. De qualquer forma, foi uma má ideia fazer isso à noite. Ao seu redor, mar e silêncio. Nenhum sinal de pássaros vermelhos voando por detrás e nenhuma ilha pela frente. Ela dirigiu por mais uma hora e ainda nenhum sinal de nada. Devo ter pegado a direção errada, pensou. Se continuasse, o combustível acabaria. Ela não teve escolha a não ser parar o barco. Adormeceu na escuridão, embalada pelos movimentos tranquilos do mar.

Quando acordou, o ar estava cinza-púrpura e havia névoa ao seu redor. Seu barco havia atracado em terra. Parecia familiar.

Ela olhou para cima mas não havia fumaça nesta ilha. Em vez disso, uma densa floresta cobria toda a ilha. Poderia ser outra ilha? Ela caminhou pela praia e entrou na floresta. Era difícil atravessar de tão densa. Por fim, chegou a uma estrada que a levou a uma espécie de mercado. As pessoas estavam montando barracas para vender frutas e hortaliças. Ainda era cedo. Wrenn foi até uma das Vendedoras de Frutas e contou o que havia acontecido. A Vendedora de Frutas disse que sua ilha não ficava tão longe, e que poderia levá-la de volta à tarde, depois do mercado, contanto que ela não dissesse a ninguém. Ela lhe deu um punhado de frutas vermelhas e continuou sua preparação. Assim que o mercado ficou pronto, as pessoas lotaram as barracas e Wrenn observou tudo atentamente. As pessoas traziam suas próprias frutas e as trocavam pelo que estava disponível. Não parecia haver qualquer dinheiro. Ela perguntou à Vendedora de Frutas sobre isso.

Vendedora de Frutas: É, não vendemos nada aqui. Nós trocamos. Recebemos coisas das pessoas e nos certificamos de que todos consigam o que precisam. Ninguém fica com o que colhe. Parece com o mercado que costumávamos ter, mas ninguém está vendendo nada.
Wrenn: O que havia de errado com o mercado?
Vendedora de Frutas: Algumas pessoas não tinham o suficiente para comer. A certa altura não fazia sentido ter pessoas com mais e outras com menos. Como funciona na sua ilha?
Wrenn: Alguns têm menos.
Vendedora de Frutas: Eles vão mudar de ideia, porque de qualquer forma isso não tem sentido.

Silêncio.

Wrenn: Vocês também cultuam o Mar?
Vendedora de Frutas: Sim, claro.
Wrenn: Apenas o Mar?
Vendedora de Frutas: Como assim «apenas»?
Wrenn: Apenas o Mar, digo.
Vendedora de Frutas: Perdão, não conheço essa palavra. O que «apenas» significa?
Wrenn: Oh. Somente um e não outro. Só este. Se eu disser, por exemplo, que gosto apenas *desta* fruta significa que eu gosto apenas desta fruta e não de todas as outras.
Vendedora de Frutas: Mas existem tantas frutas. Por que alguém gostaria de «abenas» uma?
Wrenn: Acho que não sei.
Vendedora de Frutas: Vamos conversar mais tarde, a turma do meio-dia deve chegar a qualquer momento.

Wrenn caminhou pela ilha. As pessoas eram quietas. Mesmo o mercado, que em sua ilha era um emaranhado de gritos e berros, aqui era um evento sóbrio. O que a lembrava das cerimônias de pesca em sua ilha. Sim, algo sobre o modo como as pessoas agem aqui faz parecer que elas vivem o dia todo em uma cerimônia. Ela se aproximou de um garotinho que estava subindo em uma árvore e perguntou-lhe sobre isso.

Wrenn: Ei, garotinho, qual o seu nome?
Dowlod: Dowlod. Qual o seu nome?
Wrenn: Eu me chamo Wrenn.

Silêncio.

Wrenn: Com o que seu Deus se parece Dowlod?

O garoto deu um salto e ao aterrissar colocou as mãos sobre as orelhas.

Dowlod: Ela é doce e eu a como dia após dia, e todos os dias ela reaparece e todos os dias ela nunca vai embora e sua casa é uma árvore.

A mãe de Dowlod estava ouvindo a conversa. Ela não sabia que ele se lembrava de partes da Oração da Árvore. Ficou comovida com a resposta do filho já que as crianças não a aprendiam de cor até que fossem alguns anos mais velhas.

Mãe de Dowlod: Wrenn querida, Dowlod é pequeno, então ele não sabe a Oração da Árvore. Você gostaria de ouvi-la?
Wrenn: Olá, mãe de Dowlod. Sim, por favor. (Sorrisos)

A mãe de Dowlod colocou as mãos sobre as orelhas e começou a recitar a Oração da Árvore de sua ilha:

Doce é aquela a quem eu como, dia após dia,
Ela surge em minha frente, dia após dia,
E ir embora ela nunca vai, dia após dia,
Pois sua casa é a árvore, dia após dia.

Wrenn sorriu e perguntou à mãe de Dowlod porque eles cobriam as orelhas ao recitá-la.

Mãe de Dowlod: Dowlod, por que você não responde a Wrenn? Por que nós cobrimos nossas orelhas quando recitamos a Oração da Árvore?
Dowlod: Porque a Árvore... ela sabe que não podemos ouvi-la.
Mãe de Dowlod: Exatamente. As árvores que cultuamos,

Wrenn, elas sabem que não podemos ouvi-las com nossos ouvidos. Mas nós conseguimos ouvi-las por dentro, então tapamos nossos ouvidos quando oramos para nossas Árvores e seus frutos que nos sustentam. Tapamos nossos ouvidos para mostrar a elas que as ouvimos por dentro, com nossos ouvidos interiores.

Silêncio.

Wrenn: A Vendedora de Frutas me disse que vocês também cultuam o Mar.
Mãe de Dowlod: Ah. Você é da ilha que cultua o Mar?
Wrenn: Sim.
Mãe de Dowlod: Pela história deles, tentamos não incomodar ninguém de lá.
Wrenn: Qual é a história deles... nossa história?
Mãe de Dowlod: Não cabe a mim dizer, Wrenn. Tenho certeza de que você vai conseguir encontrar alguém na sua ilha que queira te contar. Mas eu não posso.

Silêncio.

Wrenn: Você pode compartilhar comigo outra oração?
Mãe de Dowlod: (Risos) Claro. Dowlod, que outra oração devemos recitar para nossa visitante?
Dowlod: A Oração da Fruta.
Mãe de Dowlod: Ok, vamos dizer juntos.

Dowlod e sua mãe colocaram as mãos sobre as orelhas e recitaram a Oração da Fruta:

Eu sou o fruto de minha árvore.
Eu posso ouvi-lo dentro de mim.

Eu sou a semente de minha árvore.
Eu posso ouvi-la dentro de mim.

A minha árvore é o que eu sou. A minha árvore é o que eu sou.

Silêncio.

A minha árvore é o que eu sou. A minha árvore é o que eu sou.

Wrenn: Obrigada.
Mãe de Dowlod: Adeus visitante Wrenn! Diga adeus, Dowlod!
Dowlod: A... deus!

Wrenn caminhou de volta ao mercado e encontrou a Vendedora de Frutas. Ela estava cochilando embaixo da barraca. Wrenn se deitou no chão e adormeceu ao lado dela. Sonhou que não podia mais escutar com seus ouvidos e repetia a frase «Meu ouvido se foi!» para seus amigos de casa. Ela acordou com um grito e acabou acordando a Vendedora de Frutas.

Vendedora de Frutas: Você está bem?
Wrenn: Sim, me desculpe.

Silêncio.

Vendedora de Frutas: Devo te levar de volta? Precisamos buscar corda para o seu barco. Eu não tenho mais. Vamos passar pela cabana do meu amigo.

Wrenn e a Vendedora de Frutas foram até a praia perto de onde Wrenn havia deixado seu barco. Elas passaram por

uma pequena cabana onde um homem muito velho estava reparando sapatos.

Vendedora de Frutas: Olá, amigo. Tudo bem?
Velho: Olá, querida, sim.

A Vendedora de Frutas coloca uma sacola de compras no chão da cabana do homem velho.

Velho: Obrigada, querida.
Vendedora de Frutas: Tenho que levar essa moça de volta à sua ilha, ela vem de Solwdø. Seu barco não tem mais combustível e nós precisamos de corda. Por acaso você tem alguma?
Velho: Sim, sim... Solwdø, ahn? Não tenho ouvido nada sobre Solwdø por décadas. Como estão as coisas por lá ultimamente, mocinha?
Wrenn: Hmm... estão bem, nada mal...
Velho: Sim, sim. Solwdø é um lugar interessante. Uma pena que não podemos ir.
Wrenn: Como assim, vocês não podem ir?
Velho: Ah, deixa pra lá, mocinha.

O velho procurou pela corda e a entregou à Vendedora de Frutas com um sorriso.
    Eles amarraram o barco de Wrenn ao da Vendedora de Frutas e o Velho as ajudou a atar o nó.

Velho: E então você gira assim para dar boa sorte. Assim me ensinou meu avô! (Risos) E será que ainda tem espaço a bordo? Eu também gostaria de dar um passeio, o mar está calmo.

Todos subiram a bordo do barco da Vendedora de Frutas e partiram em direção à ilha de Wrenn. Uma vez em mar aberto e longe de qualquer terra, o Velho começou a rir. Wrenn e a Vendedora de Frutas fizeram o mesmo sem saber por quê.

Velho: Vou contar tudo a ela! (Risos)
Vendedora de Frutas: Imaginei que você contaria...
Velho: É o único jeito...
Vendedora de Frutas: É estranho como tudo...
Velho: Estranho!? Não, esta não é a palavra, querida. (Risos) Nós só precisamos ser pacientes, e finalmente aconteceu.

Silêncio. O Velho se voltou para Wrenn e seu tom de voz amigável ficou um pouco mais baixo.

Velho: Wrenn, você tem sorte e azar. Porque o que eu vou lhe contar vai colocar um peso muito grande em suas costas. Mas ao menos você saberá a verdade.

Wrenn sentiu um enjoo no estômago. Algo sobre o velho parecia irreal. Como se ele estivesse falando diretamente em sua mente, sem passar por seus ouvidos.

Velho: Quantos anos você tem, Wrenn?
Wrenn: Dezesseis.
Velho: Veja, querida. Na época em que você nasceu, o comércio estava florescendo entre todas as ilhas deste nosso pequeno canto do mundo. Eu sei porque eu preparava os barcos para os mercadores e com frequência os acompanhava em suas viagens. Se você fosse para a Ilha da Fumaça, você sabia que deveria rezar para os

pássaros vermelhos que aparecem à noite. Se viesse até nós, sabia que deveria rezar para nossas Árvores que falam dentro de nós. Se fosse a Wula, sabia que deveria rezar para sua areia, que eles acreditam ser o átomo do mundo. Mas havia uma ilha que não tinha nome. É onde você nasceu. Algumas décadas antes, ninguém nem vivia lá. A ilha era usada pelos mercadores nos dias de folga. Era por questão de conveniência que eles paravam lá. Mas um dos mercadores, seu nome era Solwdø, não gostava de viver na ilha onde nasceu, e então se mudou para lá com sua família. Outros mercadores de outras ilhas fizeram o mesmo. Após alguns anos, eles perceberam que, se tinham sua própria ilha, precisavam ter seu próprio Deus; não poderiam continuar a rezar para os deuses de ilhas diferentes. Então, os poucos mercadores que viviam lá, bem no início, decidiram se reunir para falar sobre o que os unia. Todos nós cultuamos o Mar por aqui, então era óbvio para eles que sua nova ilha também deveria cultuá-lo. Os anciãos das outras ilhas alertaram os mercadores de que aquela ilha teria *outro* Deus além do Mar. Mas os mercadores ignoraram os sábios anciãos de suas respectivas ilhas. Eles queriam ser seus próprios sábios anciãos. E então você cresceu com esta palavra… «Apenas», que os velhos mercadores inventaram.

Wrenn: Sim.

Velho: Eles criaram este conceito de «singularidade», como também o chamam. Um modo de criar seu próprio caminho. Mas os anciãos das outras ilhas contaram aos mercadores sobre um sonho que todos eles tiveram. Um dia, uma jovem nascida em Solwdø irá compreender que a «singularidade» é um conceito falso. E isso

lhe permitirá ver o Deus da ilha de Solwdø. E ela irá compreender como esse Deus conversa com o Deus do Mar que todos nós compartilhamos.

Os três ficaram quase o tempo todo em silêncio pelo resto da viagem. Eles pararam o barco perto de um penhasco, onde ninguém conseguiria vê-los, e deixaram Wrenn no barco de seu pai. Wrenn ficou na água por um tempo, contemplando o que lhe foi dito. Ela então atracou o barco e o amarrou com a corda que o Velho lhe dera de presente e caminhou na direção de sua casa. Ela tinha tantos irmãos que ninguém havia percebido que havia passado a noite fora. Ajudou seu irmão com as louças e colocou alguns de seus irmãos mais novos para dormir.

Wrenn foi à escola no dia seguinte e no dia seguinte, mas sentia como se não estivesse lá. Semanas se passaram assim. Apesar de querer voltar para as outras ilhas com o barco, sabia que deveria estar em sua ilha por enquanto. Ela teria apenas que esperar. Pelo quê, ela não sabia.

A maior parte das aulas eram tediosas, mas ela gostava da aula de geografia. O professor os levava em viagens de campo ao redor da ilha.

Um dia, no meio do verão, ele os levou aos Poços de Solwdø. Esses poços se localizavam em uma planície bem no meio da ilha. Havia seis deles, aleatoriamente distribuídos ao redor de um poço maior. Um aroma parecido com o de incenso emanava dos poços e o professor explicou que, de tão profundos, os poços eram cheios de gases subterrâneos. No dia seguinte Wrenn voltou lá sozinha, levando a corda do Velho. Ela sentiu que talvez houvesse alguma coisa dentro dos poços. Sua curiosidade era similar àquela do dia em que saiu para a

Ilha da Fumaça pela primeira vez. Ela era destemida e estava determinada a ver o que havia lá embaixo. Atou a corda a uma estrutura do poço usando o nó da sorte que o Velho lhe mostrara e lentamente foi descendo para dentro dele. O cheiro foi ficando cada vez mais forte conforme ela descia mais e mais baixo e seus sentidos começaram a fraquejar. O céu parecia um ponto embaçado sobre ela e tudo o que havia abaixo parecia interminável. Rapidamente voltou à superfície e, se sentindo enjoada, ofegou buscando por ar. Deitou-se, de cara para o chão, próxima ao poço, ainda se segurando na corda. Tentou abrir os olhos, mas tudo o que conseguia ver eram linhas. Parecia que o tecido da realidade estava escorrendo por uma cascata. Por alguns instantes, perdeu a consciência.

Quando acordou, sua visão havia retornado e já não se sentia enjoada. Ela elevou o olhar na direção da estrutura externa do poço, sentiu uma brisa com seu cheiro, e, para sua surpresa, o aroma era mais doce e mais calmante. Então, num florescimento tranquilo, uma lista de palavras aterrissou em sua mente, palavras que ela primeiro sussurrou para si mesma e depois escreveu nas páginas em branco no final do seu livro de geografia.

Mais tarde naquela semana, quando ela fez um teste sobre os Poços de Solwdø, respondeu com aquelas palavras.

Quando o professor de geografia leu a tarefa de Wrenn, perdeu os sentidos e viu o tecido da realidade se tornar uma cascata de linhas coloridas e sentiu um aroma adocicado logo em seguida. Ele mostrou a tarefa para sua esposa e ela teve uma reação parecida. Sua esposa copiou as palavras de Wrenn em um lenço de oração e as entregou a algumas amigas de confiança, que também perderam os sentidos ao lê-las. O professor de geografia não disse nada a Wrenn sobre a tarefa. Deu uma boa nota para ela e pronto. Sentiu que havia muitas coisas

em jogo então teria de ter cuidado. Nas semanas seguintes, as poucas pessoas que estavam em posse da oração começaram a se congregar diariamente próximo aos poços, ao amanhecer.

Um dia Wrenn foi até os poços ao amanhecer. Era já outono e todas as árvores ao redor da planície se tingiam de tons de amarelo e vermelho e, perto dos poços, cabras selvagens se alimentavam de pequenos arbustos alaranjados. Wrenn não conseguira retornar aos poços até aquele dia por causa da intensidade de sua experiência anterior. Em vez disso, ela se concentrou em ajudar sua mãe a tricotar suéteres para todos os seus irmãos durante todo o fim do verão. Mas releu sua oração todas as noites antes de dormir. Sentia que, desde sua primeira experiência nos poços, ela as carregava dentro de si. Ao caminhar através da floresta amarela, sentiu os poços como se fossem novos pulmões próximos do seu coração. Chegou à planície e se surpreendeu de ver cerca de uma dúzia de homens e mulheres ajoelhados próximo aos poços. O professor de geografia manteve a identidade do autor da oração em segredo, então, quando ela se aproximou deles, sorriram-lhe do mesmo modo que sorriam para qualquer um que chegava aos poços ao amanhecer. Assim que o sol bateu na planície, os homens e mulheres começaram a se dispersar e a retornar para a cidade. Wrenn perguntou a uma das mulheres por que todos estavam ajoelhados.

Mulher: Ninguém compartilhou as orações com você? Como você soube que deveria vir ao amanhecer?
Wrenn: Eu também rezo para os poços. Que eu tenha vindo ao amanhecer é… uma coincidência, acho.
Mulher: Desde quando você reza para eles?
Wrenn: Só recentemente.

Mulher: Eu e meu marido também.
Wrenn: Você pode me dizer suas preces?
Mulher: Sim. Nós não sabemos quem as escreveu mas estão aqui.

Ela entrega a Wrenn um pequeno pedaço de pano com palavras nele.

Mulher: Você pode lê-las, se quiser, ou copiá-las. Moro perto do limoeiro. Estarei lá esta noite ou, se quiser, pode trazê-lo de volta aqui amanhã de manhã. Nos encontramos ao amanhecer.
Wrenn: Obrigada.

Wrenn desceu para a costa, segurando o pedaço de pano. Ela o leu no barco de seu pai, embalada pelas ondas calmas do mar. Que fosse idêntica às suas preces não a surpreendeu. Os poços provavelmente haviam falado àqueles homens e mulheres do mesmo jeito que falou com ela, pensou. Deitou diagonalmente sobre o barco de seu pai e assistiu à espuma se formar e desaparecer. Ela pensou em como, sob o mar, outro mar estaria adormecido. Observou os pássaros se acomodarem no penhasco acima dela e algumas estrelas que já estavam visíveis no céu alaranjado. Então, sussurrou a primeira oração dos poços, lendo do lenço da mulher enquanto o sol mergulhava no horizonte.

Poço do meu poço, oculto dentro do oculto,
Tu és o baixo, por baixo. O através, através.
Tu és a terra sob a terra.
Tu és o mar sob o mar.

E então ela continuou, de memória, com seus olhos fechados.

Teu eco é tua espuma,
Minha voz dentro da tua.
Tu és o baixo, por baixo. O através, através.
Tu és o Mar sob o Mar.
A espuma de nossa espuma.

O saca-anzol

1.
Kavali

Por vezes, sobre a colina branca, uma cabra, confundida com um veado, é atingida por um caçador. O tiro ressoa por toda a colina e, ao cruzar a floresta azul sobre o desfiladeiro, sempre se confunde com um trovão. Por sua vez, o trovão também se confunde com um tiro, e os homens e mulheres que vivem na outra margem do desfiladeiro desistiram de tentar distinguir um do outro.

Para os habitantes do alto do desfiladeiro as cabras são sagradas. Criam-nas aos milhares e vivem entre elas. Matar uma cabra deliberadamente é pecado, e muitas vezes os dias começam com uma ablução coletiva: mulheres, homens, crianças e cabras.

As kavali, como são chamadas pelos caçadores (elas não se referem a si mesmas por uma palavra única), veneram uma única divindade, o futuro, portanto prevê-lo, ou até mesmo falar sobre, é a maior forma de húbris.

As kavali criam tantas cabras que faltam até mesmo recursos suficientes para seu sustento. Há um século, as cabras daqui eram criaturas robustas: escalavam as encostas íngremes do vale que leva ao desfiladeiro para observar do alto o canal carmesim. Agora as cabras são tão frágeis e magras que se parecem com jovens cervos. Por conta da ablução diária, as cabras se tingem de terra de um vermelho quase ticiano. À

tarde escalam as encostas e observam o canal. Do desfiladeiro é possível ver as diferentes gradações de laranja iridescente cintilando pelas colinas íngremes, tremulando ao vento.

Uma dúzia delas perecem assim todos os dias, caindo das margens do desfiladeiro, como se carregadas por uma maré ou um espírito do vento, pousando delicadamente no canal flamejante. As kavali observavam esses eventos cotidianos com reverência, é um alimento que vem do alto, um sinal do futuro, uma resposta da divindade. As cabras caídas são recolhidas pelos homens e pelas mulheres e são consumidas em devoção logo após sua morte. As quedas designam os horários das refeições, e essa é uma regra a ser respeitada com o máximo rigor: uma kavali só pode comer na primeira hora após a queda e morte natural de uma cabra. E então, o som da queda de uma cabra é o mais sagrado dos sons, e ressoa pelo silêncio cálido do canal carmesim.

Os caçadores ganham um estipêndio mensal do Departamento de Conservação do Condado de San Balín e ficam com metade do que matam para eles e suas famílias. A outra metade é entregue ao Departamento de Estado como uma espécie de taxa.

Se uma cabra escalar pelas encostas e atravessar a floresta azul, provavelmente levará um tiro. Mas os caçadores, em vez de cozinhá-la com o restante da caçada, notificam o Departamento de Conservação. O Departamento, por sua vez, criou um aterro inteiramente dedicado às cabras kavali laranjas das kavali. É um poço fundo, grande o suficiente para queimar dezenas delas. O fundo do poço está repleto de seus pequenos ossos.

Os caçadores não creem muito em nada fora de sua vivência cotidiana, mas são supersticiosos quando se trata

das cabras. É como se um profundo caráter espiritual das kavali fosse investido nos caçadores, levando-os a viver em uma espécie de extensão de sua devoção.

Os caçadores nem mesmo tocam as cabras. Quando notificam o Departamento, um grupo de homens de uniforme de San Balín se encaminha rapidamente ao local onde jaz o corpo, e derramam sobre ele uma infusão de ervas. Portando luvas, apanham a cabra e a queimam assim que chegam ao poço.

Os caçadores observam atentamente as kavali, mas elas não sabem muito sobre os caçadores, além do fato de que carregam armas que soam como trovão e que vivem em pequenas casas redondas na outra extremidade da densa floresta azul, sobre a colina branca.

Para as kavali, é de extrema importância compreender o que é obra dos homens e o que é obra da Natureza. Seu raciocínio é o seguinte: se os humanos não conhecem o futuro, então não conhecem Deus, logo, nada que os humanos façam é sagrado. A densa floresta azul que separa as kavali dos caçadores é chamada de «futura escuridão que não fala». Esta é, ainda que simplificada, uma boa síntese da fé das kavali. Natureza é passado, presente e futuro, e tudo aquilo que não é humano — ou feito pela ação humana — fala a língua de Deus. Elas chamam de «silêncio de Deus». E é por isso que não falam. Pois falar seria abrir uma fissura no vale do silêncio de Deus.

Assim, as kavali desenvolveram um sistema de comunicação baseado na escrita. Pela manhã, quando uma kavali acorda, empunha o cálamo que carrega pendurado em um colar e começa a escrever tudo o que precisará «dizer» ao longo do dia em diversas partes do próprio corpo. Geralmente a parte do corpo escolhida tem, de um jeito ou

de outro, uma conexão simbólica com o conteúdo da escrita. Então, se uma kavali precisar de ajuda para carregar algo, poderá escrever a mensagem nos braços, que simbolizam força. Se estiver de luto, poderá escrever o nome do falecido perto do coração ou dos pulmões. As kavali carregam em si, em média, centenas de palavras escritas. Algumas palavras e frases são lavadas no mesmo dia em que foram escritas, outras permanecem intactas por meses. Muitas kavali escrevem as palavras mais importantes na barriga ou na parte superior do tronco, para minimizar a escrita improvisada ao longo do dia, mas não é uma cena rara ver duas kavali escrevendo em seus corpos, uma depois da outra, como em uma conversa. Amantes escrevem em pequenos lugares secretos, no corpo um do outro, como a lateral dos dedos ou na parte interna das coxas. Esses lugares difíceis de acessar, difíceis de ler, são considerados os mais importantes, e assim são reservados para a comunicação íntima. Se uma kavali tem algo urgente a dizer, pode escrevê-lo na testa. Do mesmo modo, se houver algo que está tentando esquecer, pode pedir a uma amiga para escrevê-lo em suas costas. Nas poucas vezes em que as kavali estiveram frente a frente com os caçadores, elas se impressionaram com a falta de escrita em seus corpos; um nome de marca aqui e ali, alguma frase em uma camiseta... Isso fez com que as kavali pensassem que os caçadores não tinham nada a dizer.

Quando uma kavali acorda e escreve em seu corpo, está planejando todo o dia. É um ritual, e se chama «Tinta do Futuro». Os antropólogos de San Balín, alguns dos quais têm estudado as kavali à distância por décadas, não conseguem compreender a razão de sua fé as proibir estritamente de falar sobre o futuro, e ainda assim poderem planejar seus dias por meio da escrita em seus corpos. Esta contradição é central para

a fé kavali: as palavras que elas escrevem pela manhã quase nunca são usadas, e elas devem apagar aquelas que pensaram que seriam usadas e escrever novas por cima, conforme a situação. Esse ritual é chamado «O erro humano diante do desígnio divino é como uma pequena formiga em água de rio».

As kavali deliberadamente planejam seus dias para que sejam surpreendidas pela ordem do futuro, e consideram cada apagamento como uma lembrança contínua do movimento divino: um rio cujo fluxo não deve ser compreendido. E assim, as kavali passam a maior parte dos dias escrevendo e apagando palavras de seus corpos e esperando que suas frágeis cabras avermelhadas caiam pelas encostas estreitas do precipício.

Então, quando Recimo ouviu um barulho vindo do outro lado da floresta azul, soube que não era um trovão. «Os caçadores mataram uma cabra com suas máquinas», ele escreveu em sua testa e correu para onde alguns dos homens haviam acabado de sentar para comer. Frequentemente Recimo ouvia sons de tiros vindos do outro lado da floresta, e se chocava com a facilidade com que seu povo apenas os ignorava. Porque, para Recimo, aquele som denso e reverberante não era nem jamais seria um trovão. Quando era bebê, ele e sua mãe foram atingidos por tiros dos caçadores enquanto coletavam frutos na floresta azul. Ele sobreviveu, mas sua mãe, não. Uma pequena rebelião se deflagrou depois da morte de sua mãe, o que fez com que mais kavali fossem atingidos. Desde então, a floresta azul e qualquer território além dela estão proibidos para todas as kavali.

Ele esperou ser notado pelos adultos — «Estão matando nossas cabras, como podem fingir que não é nada?», pensou. Mas os adultos se comportaram como sempre o faziamm diante do pequeno Recimo: o ignoraram.

E assim, na tenra idade de sete anos, Recimo lavou todas as palavras de seu corpo e deixou o desfiladeiro. Caminhou e caminhou, subindo pela floresta azul, ali onde sua mãe lhe foi tirada; passou pelas casas redondas dos caçadores que cometeram esse ato brutal e, nas primeiras horas da manhã seguinte chegou ao centro vazio de San Balín. Enquanto percorria a passo veloz as ruas silenciosas, notou uma pequena loja com uma coleção de espelhos na vitrine. Encarou seus múltiplos reflexos enquanto eles o olhavam de volta. Em seu corpo não havia palavras escritas e ele nunca se sentiu tão vivo.

2.
San Recimo

Fissuras serpenteiam pelo muro de concreto erguido ao longo da costa. A vegetação que se forma por dentro das rachaduras cresce em direção à luz exterior, projetando-se lentamente como um louva-a-deus. Laranjas se queimam na maresia, minguando em esferas secas e cinzentas, e se dissolvem na base da árvore. O fungo já se espalhou por toda a árvore e as laranjas ficam cinzas e emboloradas antes mesmo de cair. Não fosse pela trama de fissuras escuras no muro de concreto, a árvore doente não se faria notar, pois o tom acinzentado é o mesmo do alto muro. Se você observasse a cena do mar, poderia notar as fissuras delineando os contornos de uma árvore, mas sua profundidade, pela sobreposição de tantas cores similares, seria impossível de apreender. Apenas movimentos da embarcação permitiriam ver que se trata de uma árvore morrendo e não de uma forma abstrata. Mas, se você visse isso tudo do mar, provavelmente estaria pensando em outras coisas.

Gaivotas pousam no alto do muro fronteiriço, entre volutas de arame farpado que cobrem o outro lado como heras e dão para o lado da escola. As crianças olham o muro grosso e todo ondulado pela janela da sala de aula, e ouvem os gritos das gaivotas até os guardas entediados atirarem nelas. Os professores já não fazem reclamações sobre os tiros agora que os militares instalaram modernas janelas antirruído por

cima das janelas originais do edifício da escola. As janelas são constituídas de 12 milímetros de vidro laminado e são fixadas em esquadrias de alumínio de bitola larga. A instalação levou três dias, e as aulas aconteceram no átrio do jardim da escola.

Os militares enviaram para a escola cestas cheias de chocolates e laranjas e uma carta, em papel grosso e acinzentado, que dizia que as novas janelas permitiriam «novos níveis de concentração» e que os vidros já haviam sido «testados em batalha» em caças militares e que não se poderia pensar em uma vida melhor e «mais sustentável» do que a de seus vizinhos, *A escola de um bilhão de Formigas* da ilha de San Recimo.

As janelas instilaram um sentimento diferente nas salas de aula, que agora se encontravam imersas num silêncio quase ensurdecedor. As janelas foram fechadas com barras de ferro, o que impedia qualquer circulação de ar, e, então, no final das manhãs as cortinas tinham de ser fechadas por causa do calor, deixando as crianças e seus professores em salas quentes e escuras das onze da manhã em diante. O novo silêncio fez com que qualquer sussurro, que antes passaria despercebido, fosse nitidamente audível, e assim os professores se tornavam cada vez mais autoritários; os pais assistiam à derrocada das notas e as crianças, cada vez com mais energia reprimida, começaram a passar mais tempo fora depois das aulas.

Naquele verão, «o verão das janelas novas», um novo jogo foi inventado no topo da colina adjacente ao edifício da escola. As crianças soltavam balões e esperavam para ver se eles atingiam o imenso muro de arame farpado que demarca os limites da cidade. As correntes de vento faziam com que isso acontecesse com frequência, enquanto um sistema de «pontos» permitia nomear os vencedores e os perdedores. Se

os balões não atingissem a fronteira, eles geralmente continuariam flutuando até pousar no mar. Assim, se você chegasse de barco a San Recimo seria recebido por balões sobrevoando uma árvore acinzentada que abrigava gaivotas mortas e laranjas mofadas. Mas, se você estivesse chegando a San Recimo pelo mar, provavelmente estaria pensando em outras coisas.

Com o passar do tempo, os balões foram criando uma espécie de tapeçaria grossa em arco-íris no metal espiralado, e, como o arame era feito para retalhar qualquer pessoa que o tocasse ou tentasse escalá-lo, era impossível de removê-la. A popularidade do jogo se manteve, e os balões passaram a ser arremessados em várias direções, fazendo com que o muro de fronteira próximo à escola ficasse completamente recoberto de um denso e colorido tapete de balões murchos. Se houvesse pescadores em San Recimo, certamente lamentariam o impacto dos balões na população de peixes, mas ali o pescado era item de importação que chegava congelado em grandes caixas de polietileno que eram depois reutilizadas como bancos improvisados no degradado centro da cidade.

Os turistas começaram a lotar a área depois que uma das fronteiras cobertas de balões coloridos viralizou, e medidas de segurança tiveram de ser impostas depois que alguns turistas foram embora deixando seus dedos dilacerados pendurados no arame farpado. As restrições envolviam colocar, mais ou menos a cada dez metros ao longo da fronteira, jovens militares encarregados de gritar com os turistas o dia todo sobre os perigos do arame. Mal sabiam os turistas que a maioria desses jovens tinham sido os que, uma década antes, inventaram o jogo que criou aquela atração.

Souvenirs eram vendidos ao longo da fronteira, e muitos turistas escolhiam um doce feito de pequenos caracóis de

marzipan colorido grudados em grossas barras de chocolate branco. As grandes caixas de polietileno convertidas nos pitorescos banquinhos do centro da cidade começaram a rachar com o peso dos habitantes mais pobres de San Recimo, que recorriam aos doces na falta de outras opções.

O exército ficava alocado por toda a extensão da fronteira em altas torres de vigilância. Conforme os turistas começaram a ocupar a área, os militares passaram a direcionar o olhar para baixo, em direção às ruas circundantes, em vez de olhar para o mar, saudando, de vez em quando, as hordas de visitantes que retribuíam, nos melhores dias, atribuindo-lhes a autoridade inofensiva de guardas-florestais e, nos piores, de inspetor escolar. Poucos se davam conta de que aqueles homens e mulheres nas torres de vigilância tinham licença para matar qualquer um que tentasse entrar em San Recimo pelo outro lado da fronteira. O litoral fazia parte de um decreto especial que proibia qualquer pessoa de ultrapassá-lo, e, durante algum tempo, poucas pessoas tentaram. Alguns, porém, tentavam, e o número aumentava devido à distração dos guardas e ao boom econômico da cidade em razão do novo afluxo de turistas.

 O rápido aumento de ofertas de emprego levou os políticos a fazer certos acordos secretos com os militares, de modo que fosse permitida a entrada a um percentual significativo de pessoas para que fossem exploradas como mão de obra barata ilegal em trabalhos como faxineiros ou operários nas fábricas do ditrito industrial onde as barras de chocolate confeitadas eram produzidas. Assim, os militares tiveram de encontrar um modo de deixar que algumas pessoas passassem, mas não todas, o que os levou a remover uma pequena parte do arame mortal próximo à torre central para fazer uma passagem segura para aqueles que dessem sorte.

Poucos davam.

Muitos escalaram o muro rachado nas primeiras horas de manhãs enevoadas, apenas para serem surpreendidos por uma luz repentina e incompreensível.

Aos guardas era dada a instrução de mirar exclusivamente na cabeça, de modo que os corpos dos homens e das mulheres na praia e não do lado da preciosa atração turística. Mas de vez em quando os cadáveres pendiam para o outro lado da fronteira, em San Recimo, e balançavam sinistramente na névoa azulada da manhã, perfurando o longo tapete colorido com seus corpos magros, até serem levados por uma empresa terceirizada à qual os militares se referiam como «o homem do *bulldozer*». Ninguém veria essa cena, com exceção dos faxineiros da escola, que já tinham de deixar tudo pronto para as aulas e haviam, eles mesmos, chegado ilegalmente a San Recimo pelo mesmo muro.

Por volta das seis e meia as classes estavam limpas, os corpos não mais a vista e os estudantes entravam em fila para mais um dia de aprendizado.

A escola de um bilhão de formigas de San Recimo tinha uma aula obrigatória no primeiro período sobre a história da ilha, que levava os estudantes, cronologicamente, do nascimento de Recimo o Santo à relativamente recente criação do muro de fronteira. Em função do novo programa do governo para a assimilação cultural dos «escaladores de parede» (como eram curiosamente chamados), os homens e as mulheres que haviam escalado a fronteira frequentavam essas aulas, todos os dias antes de começarem a trabalhar, ao lado das crianças.

Essas aulas eram carregadas de tensão, culpa e vergonha por parte dos professores, e as crianças não facilitavam,

muitas vezes fazendo perguntas diretas que exigiam respostas complexas e difíceis de dar a crianças de dez anos. E, obviamente, as perguntas mais difíceis eram as mais populares, para grande ira dos professores. Por exemplo: as crianças sempre queriam saber mais sobre San Recimo, o homônimo da ilha.

A presença dos adultos na classe deixava os professores desconfortáveis, mesmo porque as respostas a essas perguntas também formavam a história «oficial» de Quarxiño, a ilha de onde vinha a maioria dos homens e mulheres que escalaram o muro. Quarxiño é uma ilha exatamente do mesmo tamanho de San Recimo, com uma topologia e clima que refletem de forma praticamente idêntica aqueles de San Recimo, mas, diferente de San Recimo, Quarxiño é inteiramente construída pelo homem. Espelhos e reflexos são o fulcro da história das duas ilhas desde que tudo começou, um século antes, com San Recimo.

San Recimo, o criador de espelhos.

3.
Espelhos

Recimo Cadena de Oro era um órfão taciturno cuja educação acontecia dentro de casa, como a maioria das crianças de San Balín. Mas, ao contrário das outras crianças da ilha, foi iniciado na fabricação de espelhos por Silvidia Rosario de San Balín, uma mulher excêntrica que despertou profunda curiosidade e uma fascinação supersticiosa no bairro devido às suas inclinações ocultistas. Quando encontrou Recimo, então com sete anos, em frente à sua loja, observando atentamente seu próprio reflexo, o acolheu, e fez dele seu assistente, sem lhe perguntar nem uma vez sobre seu passado. Não que ele fosse responder. Recimo só falou aos onze anos, e, quando o fez, para espanto de sua tutora, falou de maneira quase perfeita. Ele se sentia em casa com ela, e ela acreditava que ele era um «veículo» para alguma coisa. «Seu silêncio não é humano», repetia continuamente ao seu círculo de amigos.

«Parece que a Recimo não importam as coisas que acontecem. Ele é como um recipiente com um buraco enorme: tudo o que você coloca nele passa e não sobra nada.»

No dia em que Recimo, aos catorze anos de idade, terminou seu primeiro espelho, Silvidia Rosario de San Balín caiu morta no chão de seu ateliê, e o jovem fabricante de espelhos foi deixado com a atividade que definiria o percurso e o propósito de sua vida inteira.

Recimo tinha um enorme dom para essa arte, e, já quando era um jovem adulto, seus espelhos eram distribuídos por todo o mundo. Logo depois da Grande Guerra, embarcou em uma série de conferências, encontros e discussões ao redor do mundo. O conteúdo de suas falas e escritos girava em torno do funcionamento do espelho e das sutilezas de suas técnicas de curvatura. Recimo tinha uma maneira de infundir em seus espelhos uma leve textura «aquosa» que distorcia sutilmente o rosto do observador, que parecia então mais vivo, mais presente. E essa curvatura tinha um efeito estranho sobre as pessoas que usavam os espelhos de Recimo, pois começavam, pouco a pouco, a encarnar as qualidades contidas em seus reflexos distorcidos. De certo modo a técnica de Recimo era similar àquela de um retratista: o comprador encontraria Recimo em seu ateliê e ele tiraria medidas e rabiscaria notas sobre seu comportamento e a cadência de sua fala. Ele desenhava planos detalhados das ranhuras na placa do espelho, que eram incompreensíveis para qualquer pessoa, exceto para o próprio Recimo.

Diziam que era uma arte obscura, uma espécie de leitura de mentes ou sessão espírita, mas ninguém duvidava dos efeitos que os espelhos exerciam sobre seus compradores.

Quando completou trinta anos, se mudou para uma pequena ilha perto de San Balín, e os locais silenciosamente concordaram com o fato de que alguém especial havia chegado. Embora não pudessem pagar por seus espelhos, ainda assim acreditavam em seus efeitos, pois, naquelas tardes empoeiradas de verão, através das amplas janelas bem abertas do ateliê de Recimo, viam como as placas, tais quais lâminas finíssimas, retinham a luz do sol, quase sugando-a, e irradiavam quietude no vazio circundante.

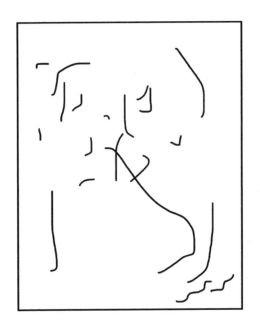

Quem tivesse a sorte de poder pagar pelos espelhos era transformado por sua presença. Desenvolvia pouco a pouco uma calma mas poderosa «vividez», um tipo de presença líquida no olhar. Não é que se tornassem mais felizes per se, mas seus olhos pareciam mais calmos, como se em seu reflexo trêmulo e distorcido tivessem encontrado uma verdade apaziguadora, um delicado desvelamento. Era recomendada máxima cautela ao lidar com os espelhos, pois a vida dos compradores quase sempre se transformava de forma irreversível: mercadores vendiam seus navios, cantores deixavam de cantar. Os espelhos de Recimo quase sempre faziam com que se abandonasse a atividade a que se estivesse dedicando, e deixavam, a quem se visse refletido, satisfeito com uma vida simples, passada a fazer nada.

4.
Hennle, diário de Recimo, Nova York

Num primeiro momento Recimo era descrito como um orador incerto, hesitante e repetitivo, mas com o passar dos anos sua capacidade e segurança aumentaram e ele gradualmente passou a controlar as multidões que vinham assistir às suas conferências. Aos quarenta anos se apaixonou por Hennle Hotke, uma americana de 31 anos que conheceu em sua primeira viagem a Nova York. A experiência foi atenuada pela consciência de que sua obra e a missão à qual sua existência parecia destinada impediriam relações que para qualquer outra pessoa seriam normais, e então, depois de alguns outonos, eles se afastaram. Este seria o único amor verdadeiro de sua vida.

Recimo manteve um diário durante a maior parte de sua vida adulta, e seus escritos refletem uma mente curiosa. A maioria dos registros é endereçada a Hennle, mesmo décadas depois do fim de seu relacionamento. Em uma de suas viagens a Nova York para visitá-la, a Pan Am o convidou para ver a cidade do terraço de seu arranha-céu em Midtown. Recimo achou estranho ser convidado por essa gente chique, até porque nenhum executivo da Pan Am jamais compraria seus espelhos, mas àquela altura Recimo havia se tornado uma espécie de mascote da alta sociedade, temido por seus poderes ocultos e atraente por seu ar de mistério.

Este é o relato de Récimo sobre sua visita ao terraço do arranha-céu:

hannah arendt me disse que a revolução era originalmente um termo astronômico, que designava o movimento regular de rotação das estrelas segundo certas leis. nestes termos, a terra está em constante revolução; desejar a revolução significa não se dar conta de que já estamos nela — precisar da revolução significa não enxergar que o sol e a lua trocam de lugar todos os dias. fui ao heliponto da pan am onde ocorreu um acidente de helicóptero há dez anos, em 1977. o incidente foi causado pelas pás que escaparam do rotor e retalharam os passageiros que embarcavam no helicóptero. um dos passageiros era o cineasta michael findlay, que, segundo o pessoal da pan am, era o criador do gênero slasher, agora muito popular — filmes em que as pessoas são retalhadas com instrumentos cortantes.

enquanto observava manhattan do alto, pensei que findlay deve ter nascido já traumatizado pela própria morte. que ele nasceu já na presença de um pavor pelo modo como ele deixaria este mundo. esse retalhamento de seu corpo foi a manifestação física do trauma acumulado no momento de sua dissolução — e que o estriamento das ondas provinha de um futuro que era já tão consolidado e inevitável quanto o passado como nós o concebemos, hennle. enquanto observava manhattan do alto pensei que a cidade nasceu já traumatizada pela própria morte.

encenamos nossos traumas futuros, nós os encenamos, hennie, eles funcionam como buracos negros, nos atraindo com seus próprios centros de gravidade. eles alteram a realidade de modo que as coisas se moldam em direção à realização e nossos corpos sentem essas forças. a ti estou lendo o meu futuro. a ti estou lendo a minha morte. enquanto observava manhattan do alto, daquele absurdo ponto de vista que cortava a cidade, pensei: vivemos nestas lâminas, nestas polaridades constantemente intercambiáveis. apreendemos o mundo desta maneira, fragmentados um e zero, on e off etc. mas não existe noite no universo. a terra fervilha, ventos movem, cores evanescem, mas a esfera permanece, única. suspensa no vazio, como nós, meu amor.

sabia que em algumas espécies de formiga, membros individuais da colônia armazenam comida no esôfago e o repassam a outros membros da comunidade. meu querido amigo william wheeler (o entomólogo) chamava essas reservas de comida de estômago comunitário.

a revolução é nosso movimento comunitário, henni, entre as dinâmicas internas da «mudança» existe o fato de não podermos percebê-la do modo como queremos, sua temporalidade nos escapa, assim como não podemos, apenas movidos pelo desejo, observar a terra girar no vazio.

esta esfera, henni, é a amarração de nossos corpos ao chão, que é uma condição para a vida na terra mas, na nossa mente, a gravidade não é um dado. esta é a condição que torna possível uma outra revolução, uma outra rotação entre polaridades: a convergência entre nossa mente sem amarras e nossa ancoragem gravitacional.

deveríamos parar de nos mover para que a mente se mova, e quando nosso peso pender de um lado ao outro, alteramos os mecanismos da alavanca, enquanto o todo permanece constitucionalmente inalterado. estes são os algoritmos que constituem nosso tempo na esfera, henni — são equações tão banais quanto as alavancas e nós somos fulcros ansiando por paz. a banalidade é parte integrante da verdade, meu amor, eis o que me ensinaram os espelhos. os conceitos mais gastos passam despercebidos pela mente e, apesar disso, quando são apreendidos pelo coração eles desabam sobre nós com a força de um recém-nascido — impossível, livre, pulsante.

ver nova york desta altura é como ver uma vida do fim — ver o trauma que a morte já provoca ao corpo ainda em vida. a altitude é uma alavanca que desaba sobre a cidade, e a corta como se fosse um pedaço de bolo quente. observando esse grid do alto percebi que as estruturas já estão enlutadas — a coisa toda é ordenada sem amor, hennle, quer dizer, sem mudança.

a única mudança que vejo é adição, expansão, o novo. nada sofreu mutação, nada brotou, <u>nada se curva</u>, querida, a tinta usada para repintar é a mesma exata tinta que usaram da primeira vez, o contrato ainda está ativo, hennle, e não há data de validade.

«Uma família de falcões fez ninhos aqui, então, ao avistá-los, coloque as mãos na cabeça e se lance rapidamente ao chão.»

essa foi a única advertência que recebemos ao chegar ao topo de um dos edifícios mais altos de nova york. havia diversas rotas de fuga pelas quais eu poderia ter me atirado. entre as pás giratórias imensas das máquinas de ar-condicionado que nos circundavam na névoa e brilhavam no sol da tarde, pensei em pular, henni.

mas também pensei: «o que fiz para merecer esta vista?».

essa é a escala da imundície masculina. essa é a estrutura que se constrói quando se sabe que é imundície, que se é nada — quando você sabe disso tão profundamente que não consegue suportar nem o pensamento.

eles são como um falcão sem ninho, sem nada a proteger a não ser seu próprio voo. ingratidão que busca destruir as condições para a gratidão. um vôo que imagina utopia como desgarramento. buscando o novo porque formas, pensamentos e almas há muito os deixaram. tudo os deixou, então querem ver tudo de cima — como se pudessem possuir cada coisa com seu olhar —, possuí-las pela altitude, possuí-las porque foram deixados. deixe esses porcos voar, hennie — deixe que voem bem alto, beeeeem alto, hennie, e ainda mais alto até que vejam sua própria esfera e assim entenderão.

mas, por enquanto, eles dizem que «a pedra se torna dúctil devido às condições de temperatura e pressão na astenosfera».

5.
Xiño

Ao final de sua vida, Recimo havia feito centenas de espelhos por ano e, por décadas, foi o homem mais rico da ilhota sem nome. No último ano de sua vida decidiu fazer espelhos para seus compatriotas. Como conhecia bem ou pelo menos já havia ouvido falar da maioria dos habitantes, os fez sem dificuldade. Deu todos os espelhos como presentes por sua despedida. No dia anterior ao seu aniversário de 89 anos, Recimo fez, para si, seu último espelho. Foi o primeiro que fez para si mesmo, e o último que veria. Faleceu calmamente no chão de seu ateliê, e a cidade rapidamente passou a venerá-lo como Santo, e passaram a chamar a ilhota enlutada San Recimo e instalaram seu último espelho virado para cima, num altar erigido no centro da cidade.

Os espelhos tiveram um efeito desastroso sobre a ilha. Nunca antes tantas pessoas, tão próximas umas das outras, possuíram espelhos de Recimo.

Como todos haviam deixado de se dedicar a seus ofícios, a ilha parou de funcionar e caiu em pobreza absoluta. Ainda assim, o humor geral não mudou muito, as pessoas pareciam apreciar viver de modo tão frugal, comendo aquilo que encontravam pelo chão e dormindo à beira da estrada.

Veja Xiño, por exemplo, uma jovem pintora que parou de pintar. Ela passava seus dias na costa rochosa da ilha,

assistindo ao vaivém das ondas, às vezes desenhando uma gaivota na areia e nada mais. Como a maioria dos habitantes de San Recimo por volta dessa época, ela levava o pequeno espelho consigo por toda parte. Até mesmo nadava com ele amarrado em suas costas. Passava horas observando a areia secar e dormia na praia todas as noites. As ondas a preenchiam de calma, o sal engrossava sua pele, e apenas o sol secava seus cabelos.

Uma noite, enquanto Xiño dormia profundamente na praia, uma gaivota começou a bicar o espelho, confundindo seu próprio reflexo com o de algum tipo de presa.

Quando Xiño acordou, o espelho estava ligeiramente rachado à altura dos olhos, e, com o passar das semanas, seu efeito começou a se dissipar e lentamente Xiño começou a sentir novamente a amargura que costumava envolver sua vida. Ela estava enojada com a pobreza em que a cidade havia caído e, além disso, não havia mais nada para fazer na ilha. As pessoas pareciam bem, mas estariam mesmo? Como podiam não fazer nada o dia todo? O que tanto havia mesmo para ver numa casca de árvore, na fissura de uma pedra, nos reflexos do mar?

Um mês depois do incidente fatídico, ela roubou o barco de um pescador, que aparentemente não via nenhum problema nisso, e saiu em direção à ilha mais próxima, San Balín, onde começou uma nova vida.

6.
Sequestrar o centro

Xiño construiu uma carreira bem-sucedida como pintora por mais de uma década em San Balín, se adaptando bem ao ritmo mais acelerado, antes de ter a ideia de «Sequestrar o centro». Ela havia vendido sua pintura mais cara no início daquele ano e investiu todo o dinheiro numa grande cúpula geodésica. Levou alguns meses para construí-la e, uma vez terminada, despachou tudo para o centro financeiro da cidade e ali a instalou. Parecia tão oficial que todos apenas supuseram que ela tinha uma permissão da cidade, ou que a cidade em si havia investido em arte pública. Ninguém questionou a legitimidade da coisa. Xiño não nomeou a peça publicamente para além de suas notas pessoais, onde a chamou «Sequestrar o centro». Ela escreveu um aviso, num cartaz oficial como os que se veem em aeroportos, e os fixou em quatro pontos ao redor do exterior da cúpula.

AVISO: SE VOCÊ ENTRAR NESTA CÚPULA, ELA IRÁ SEQUESTRAR SEU CENTRO. VOCÊ SAIRÁ DELA SEM NENHUM CENTRO, E A ÚNICA MANEIRA DE MANTÊ-LO SERÁ COMPRANDO ESTA CÚPULA. ESTA CÚPULA VALE UMA QUANTIA NÃO REVELADA QUE MUDA TODOS OS DIAS A PARTIR DA QUANTIDADE DE CENTROS DISPONÍVEIS NO MUNDO. OBRIGADA. XIÑO.

Abaixo do aviso, Xiño adicionou em marcador preto: «Se você quiser comprar a cúpula, entre em contato com o zelador da escotilha».

A sala era perfeitamente circular. No teto havia uma escotilha por onde as pessoas entrariam, descendo por uma corda bem no meio do pequeno espaço. Uma vez lá dentro, a corda era a única rota de saída. A escotilha era também a única fonte de luz da sala, então, por volta de meio dia, a luz que preenchia o espaço era a mais intensa. A ideia era que as pessoas descessem, olhassem em volta, e então fizessem um aceno para que o zelador lançasse a corda e as deixassem sair. O zelador da escotilha era Xiño. Do lado de fora, a cúpula era cor de laranja e se refletia deformada nos vidros dos prédios ao redor.

Andrej K., ex-caçador que virou financista, passava ao lado da cúpula todos os dias no caminho para o trabalho. Mais de uma vez parou e olhou para o zelador da escotilha e sua corda. Mais de uma vez pensou em, quem sabe, entrar. Mas não o fez. Até que, numa manhã, sua mulher deixou um bilhete dizendo que o estava deixando e levando consigo a criança; ela não aguentava mais e desejou que ele fosse feliz. Então, naquela manhã, Andrej K. acenou a Xiño. Ela apontou para a escada e ele subiu. Então, ele se agarrou à corda grossa e finalmente desceu para o espaço circular. Eram oito da manhã e o sol iluminava na diagonal um canto da sala — ali o facho de luz se projetava metade na parede, metade no chão. Tudo estava escuro, com exceção daquele ponto, que se movia com o sol e era de um violeta iridescente. Andrej K. olhou para cima e parecia que o zelador da escotilha havia sumido, então, começou a se mover pela sala em busca de pistas — como e quando sequestrariam seu centro?

Depois de uns cinco minutos de pesquisa, chamou o zelador para que o ajudasse a sair, mas não houve resposta. Chamou de novo, dessa vez mais alto e firme, e nada. Andrej K. não sabia, mas ele era o primeiro visitante de «Sequestrar o centro», e Xiño ainda não havia decidido o que fazer quando alguém de fato entrasse na cúpula. Então, naquela manhã, depois de ajudar o homem a descer pela escotilha, ela saiu para comprar um bagel no café da esquina.

Andrej K. não estava preocupado, ele não estava a fim de trabalhar e essa situação criaria uma boa desculpa e uma anedota excelente para seus colegas. Então, se sentou no canto onde o sol brilhava de modo que, quando retornasse, o zelador da escotilha o veria. Assistiu à escuridão brilhar no caminho de partículas de poeira que se formava até a escotilha — um perfeito oval de céu azul. E assim adormeceu, apoiado na parede, e, enquanto dormia, a luz do sol se deslocava pela sala, o deixando na escuridão total por volta das nove e meia da manhã.

Xiño retornou e espiou o interior da cúpula pela escotilha. Tudo o que ela via era o círculo desenhado pelo sol, uma forma violácea vazia no centro da sala. A peça consistia numa premissa muito simples: ela calculou por onde o sol se deslocaria dentro da cúpula e pintou seu trajeto diário de violeta. Se se acendesse uma luz no interior da cúpula, seria possível ver a densa linha violeta delineando o percurso do sol no espaço e, em volta dela, o que supostamente seriam milhares de palavras escritas com marcador preto sobre o branco da sala, mas, obviamente, uma luz jamais seria acesa pois no interior da cúpula não havia luz artificial, e, assim, seria impossível ler o que estava escrito ao redor da linha violeta, a menos que o sol ou a terra mudassem de posição bruscamente.

Xiño havia instalado uma camada espessa de isolamento acústico que tornava inaudível, do mundo exterior, qualquer coisa que acontecesse lá dentro. Então, resolveu enfiar a cabeça pela escotilha para conferir se conseguiria ouvir seu primeiro visitante já que não conseguia vê-lo.

Nada. Ótimo, assim teria tempo para pensar em como sequestraria o centro daquele homem.

Xiño sabia que sequestrar os centros das pessoas era a coisa certa a fazer, mas como ela explicaria àquele homem que seu centro havia sido sequestrado? Por onde começaria? Xiño andou de um lado para o outro em volta da cúpula, contando seus passos e repetindo seu mantra, uma frase simples que havia se revelado a ela poucos dias depois da gaivota ter rachado seu espelho:

O TEMPO É O CENTRO
O TEMPO É O CENTRO
O TEMPO É O CENTRO
O TEMPO É O CENTRO
O TEMPO É O CENTRO
O TEMPO É O CENTRO
O TEMPO É O CENTRO
O TEMPO É O CENTRO
O TEMPO É O CENTRO
O TEMPO É O CENTRO
O TEMPO É O CENTRO
O TEMPO É O CENTRO
O TEMPO É O CENTRO
O TEMPO É O CENTRO
O TEMPO É O CENTRO
O TEMPO É O CENTRO
O TEMPO É O CENTRO

O TEMPO É O CENTRO
O TEMPO É O CENTRO
O TEMPO É O CENTRO
O TEMPO É O CENTRO
O TEMPO É O CENTRO
O TEMPO É O CENTRO
O TEMPO É O CENTRO
O TEMPO É O CENTRO
O TEMPO É O CENTRO
O TEMPO É O CENTRO
O TEMPO É O CENTRO
O TEMPO É O CENTRO
O TEMPO É O CENTRO
O TEMPO É O CENTRO
O TEMPO É O CENTRO
O TEMPO É O CENTRO
O TEMPO É O CENTRO
O TEMPO É O CENTRO
O TEMPO É O CENTRO
O TEMPO É O CENTRO
O TEMPO É O CENTRO

De repente, um homem baixo e enrugado, parado em frente a um dos cartazes, acenou a ela e perguntou: «Moça, o que é o centro de alguém? Como você... o prende... sequestra?», enquanto suas mãos faziam gestos complexos, os olhos semicerrados contra o sol. Algo sobre aqueles gestos lembrava Xinõ, o zelador da escotilha, de Recimo, o santo.

Xiño respondeu indicando educadamente a escada. O homem disse: «Não, não tenho tempo, mas o que é o centro de uma pessoa, senhorita? O que é?». Xiño deixou a corda ao lado da escotilha, desceu da cúpula, foi em direção ao cartaz

e parou de frente para o homem enrugado, que de perto se parecia ainda mais com Recimo, e cochichou em sua orelha peluda: «Senhor, ninguém tem um centro. Estou tentando capturar algo que não existe. Se houvesse um centro eu jamais conseguiria tomá-lo porque ele seria seu».

«Mas o que é, senhorita, o que é o centro de uma pessoa?», respondeu o velho, insistente.

Enquanto isso, Andrej K. despertou num sobressalto e, depois de olhar a hora no relógio, começou a gritar para que o deixassem sair. Seus gritos eram inaudíveis ao exterior, somente Andrej K. podia se ouvir. Xiño então respondeu ao velho, ainda num sussurro que mal se ouvia: «É no seu corpo, senhor. Existe um lugar em seu corpo onde suas más intenções encontram as boas».

7.
Trechos da última nota do diário de Recimo

<u>*navio de cruzeiro*</u>

pai, parece que a escolha é entre um navio ou outro enquanto eu te falo sobre o mar.

*digo que tenho que pular
devo nadar
e
você diz*

«nade na piscina,   o navio tem piscina»

(e na estrada, eu dizia precisamos checar o motor e você dizia não, são os pneus)

*você não sabe mas minha fé
depende*

*de
transmutações*

de

atributos   em   essência
piscina   em   mar
cor   em   luz

*mas você age como se a escolha fosse entre um barco e outro
enquanto eu te falo sobre o mar*

te falo sobre o mar e você me responde com uma lista

*mas não quero   um navio de guerra
uma barca de lixo
nem balsa nem kuphar*

não está aí a escolha

eu digo que devo saltar que devo nadar e você diz «nade

*na piscina»
então me pergunto
isto é um treino?*

parado por um instante neste velho navio entre corpos sedimentados de sal antigo e um retângulo de cloro azul peço a deus por favor que pare a eletrólise ou pelo menos a reverta assim poderemos arremessar a salmoura da piscina de volta ao mar

*não quero nenhuma   arca fluvial
não quero nenhuma   barcaça à vela
não quero nenhuma   lancha
não quero nenhuma   embarcação de pesca*

isto é um treino?

quero cavar na sua piscina

*quero cavar na sua piscina e nadar através da terra até o mar
esvaziar seu límpido azul de cloro para que todos vejam
a bacia de onde você olha é a bacia de onde eu te vejo
agora, pelo buraco que fiz e que nos conecta e de onde nos
banhamos*

*te falo sobre o mar e me responde com uma lista
você também terá uma lista pronta quando eu me afogar?*

*gostaria de vê-lo como um louco, com abandono
romântico mas te vejo
projetando listas a contar números fazendo
planos, a refletir sobre
operações e loteamento fundiário, então como
pode me ferir senão de propósito,*

*me diz para que escolha um outro navio se não gosto deste e
te digo que é o mar, é o mar que eu quero.*

a âncora, a flor

a âncora, a flor
as vejo
em sonho

ouço
no rádio
uma canção que
diz

«meu corpo é meu país,
e sou um refugiado»

«meu corpo é meu país,
e sou um refugiado»

e agora espero por revelação
espero pelo movimento,
e o veículo passa em alta velocidade mas por dentro estou
imóvel

espero pela revelação
entre âncora e flor — e não quero subsumir
uma à outra
ou somá-las para que se elevem, em linguagem

«meu corpo é meu país,
e sou um refugiado»

pelos seus frutos os reconhecerei, hennie

toda boa árvore produz bons frutos, hennie
toda árvore ruim produz maus frutos, hennie
uma árvore boa não pode produzir maus frutos, hennie
nem pode uma árvore ruim produzir bons frutos, hennie

«meu corpo é meu país,
e eu sou um refugiado»

(Este foi escrito num guardanapo.)

<u>o saca-anzol</u>

*e por maior que seja
o grito do pescador
pelo ardil das escorpenas
que desamarram imperturbáveis
seus minaretes,
enquanto sua respiração se esvai
sim, Deus deve ser guardado como
um saca-anzol*

que nome temos

*que nome temos
para aquela empatia
para esta dor
ou para aquela tristeza, hennie?*

*em vez disso usamos radiantes
palavras (in)feridas
corpos múltiplos
para falar de um tendão
um tendão que se move
escorregadio como uma serpente
dentro de mim e dentro de você
mas paralisados falamos espectros*
*uivos que ecoam   mas não servem para nada
                           ou servem para nos distrair
                           daquilo pelo qual gritamos,*

*mas um sussurro feriu o
pescoço do sargento-mor que
sôfrego se deita e esse sacolejo era a
palavra, não
               a linguagem em si mas o*
som de   um ângulo

o corpo está marcado por esse dialeto sacolejante esta classe

muda e o corpo pode se deitar
ouvir nada menos que um baque e voltar
para sua culta e incutida
combustão enquanto sussurros
silenciosos atingem bordos
e carvalhos,
salgueiros e vagam imóveis
dentro da sílaba presente
nos lábios no tremular das folhas
enquanto suspira seu arrependimento por não ceder
não se esforçar mais, seu pescoço um carretel
se alonga e se senta aos pés
do espinheiro branco cujos galhos estão rígidos com espinhos
não ramificados
que de centímetro em centímetro crescem
as frutas em cachos se derramam
aos pés do trono as nozes varridas
pelas asas do pardal que ao contrário de um sargento
vê nada além de
maços de folhas e chapéu e um disfarce entalhado
a forma contra a qual se lançaram por todo o tempo
nesta esfera ventosa eis o motivo de suas

asas

mas sua forma verdadeira reside na amplitude de sua ilógica
passarella, passarella
cisca o chão, passarella
dizem que seu canto é como a quinta de beethoven
dizem que seu canto vaga pela terra do escrito, consagrado, o
âmago

*mas as cascas no chão envelhecem e se desfazem
enquanto letras e palavras se fundem como líquen
musgos feitos de óleo, alcatrão e suas riquezas*

*agora isso aqui em que estamos
esse mel de tâmaras esse melaço minha querida
essa bruma esse pântano esse espelho
esse beijo esse saquinho plástico essa visão sem ar
essa prisão esse espelho em que estamos*

existem aqueles que ainda se agarram à naufrágios

<u>toda árvore boa</u>

*palavras antigas agora dispersas em
água do mar*

*a água do mar desancora
letras da pele*

*grafemas nadam ao redor do naufrágio
um naufrágio tão familiar pois o vimos em pergaminho que
você sabe que é couro que
você sabe que é pele que você sabe que é você e eu se estamos
sendo honestos*

*mãos distorcem halos de sal o que mais podemos argumentar
se estamos sendo honestos*

*musgo náufrago o que mais podemos argumentar
se estamos sendo honestos*

deixe que cresça

*letras desancoradas
pele de animais jamais vistos
circundando o naufrágio*

e você continua fazendo listas

Polytrichales
Andreaeopsida
Sphagnales
Oedipodiopsida

Escuto a canção que diz assim:

«afaste seus olhos de qualquer ornamento
diz a florista em prisão administrativa
pelas armas escondidas no poço

letras desancoradas
pele de animais jamais vistos
circundando o naufrágio
e você continua fazendo listas?

tarde demais para ornamentos
zomba o espírito lá de baixo
meu corpo é meus país,
e eu sou um refugiado.»

8.
Quarxiño

«Sequestrar o centro» causou tanto frisson em San Balín que logo o ateliê de Xiño se consolidou como ponto de encontro dos principais pensadores e intelectuais da ilha. Xiño falava com frequência aos novos amigos — que eram em sua maioria ocultistas ou cientistas — sobre San Recimo e como ela gostaria de fazer algo a respeito da pobreza de lá, como queria salvar sua família da maldição que Recimo lançou sobre eles. Os ocultistas tinham suas próprias ideias excêntricas e os cientistas permaneciam a maior parte do tempo calados, aguardavam pacientemente para compreender todo o cenário e sugeriam programas multietapas bastante razoáveis para erradicar a maldição da ilha.

As conversas continuaram assim por anos, até que um dia Xiño fez uma pintura de duas formas idênticas num espaço vasto e desolado. Enquanto limpava os pincéis e lavava as mãos no fim do dia, sentiu uma náusea cavernosa que nunca havia sentido antes. Era como se, ao olhar para qualquer direção, arremessasse sua própria mente goela abaixo.

Seus amigos ocultistas disseram que ela estava possuída pelo espírito de Recimo e que, se saísse dessa vida, conseguiria de fato curar a ilha de sua estranha aflição. Os cientistas, por sua vez, a medicaram com penicilina. Alguns dias depois Xiño se recuperou e decidiu se livrar daquela pintura que a havia colocado naquele estado, mas, ao olhar para as duas

formas idênticas com olhos descansados, tudo se revelou num instante. Ela sabia como libertar San Recimo.

Precisava clonar a ilha.

Era cientificamente possível mas seria proibitivamente caro. Porém a falta de regulamentação em San Recimo com relação a novas técnicas de clonagem poderia ser atraente para os cientistas. Ela os informou do projeto. Eles comemoraram entusiasmados. Para os cientistas esse seria o tipo de experimento com que sempre sonharam, mas jamais puderam realizar. Poderiam observar e monitorar o crescimento e a vida de uma população inteira, e potencialmente fazer descobertas que colocariam San Balín na vanguarda da pesquisa científica. «Por que nunca se pensou sobre San Recimo assim antes?», se perguntavam entusiasmados. «Está logo ali, uma ilha inteira sem propósito.»

A quantidade de Quar necessária para essa empreitada era absurda. Quar era um agente molecular então recentemente descoberto que ampliava em muito as possibilidades de clonagem. As normas em vigor limitavam governos de todo o mundo a ficarem apenas sentados sobre bilhões de receita potencial devido a restrições estabelecidas dez anos antes. Mas San Recimo era uma das poucas exceções. Lá era possível clonar qualquer coisa.

Xiño explicou a seus galeristas e colecionadores que seria a maior obra de arte jamais realizada. Acordos foram feitos e colecionadores falaram com seus amigos no governo, o governo falou com os cientistas e dali em diante não houve obstáculos à criação de Quarxiño. Os cientistas de San Balín injetariam Quar no solo de San Recimo e criariam

artificialmente uma área perto da ilha, onde depositariam o material clonado. O único mistério que ainda restava era se a nova população de clones manifestaria a Maldição de San Recimo, como passou a ser chamada. Embora esse fosse o propósito e a motivação para Xiño, o comitê para a clonagem de San Balín não se importava. Apenas esse experimento os permitiria aprender tanto sobre o Quar e seus efeitos sobre o comportamento humano e a biologia que já valia a pena, independentemente da Maldição de San Recimo.

E, então, cinquenta anos depois da morte de San Recimo, nasceu a ilha de Quarxiño, com exatamente o mesmo número de habitantes de San Recimo e fauna e flora completamente idênticas. Centenas de cientistas se mudaram para Quarxiño e cuidavam de uma dúzia de crianças por vez, os ensinando linguagem básica e matemática, enquanto as outras ficavam soltas pelas ruas, extasiadas e sujas depois de anos de risadas.

Com o tempo, San Balín terceirizou a maior parte da produção alimentícia para Quarxiño e fazia as crianças plantarem e expedirem a comida, o que abriu espaço em San Balín para mais pesquisa científica. Adolescentes, os jovens de Quarxiño era responsáveis pela produção que alimentava San Balín, San Recimo e eles mesmos. Se carregavam em si a Maldição de San Recimo ou não, era difícil dizer. De todo modo, a maior parte desses desenvolvimentos ocorreu após a morte de Xiño, que nunca viu a total realização de seu projeto.

9.
O rio

Algumas semanas antes de morrer, Xiño começou uma série de pinturas que chamou de «Pinturas da Canoa». Repetia obsessivamente o desenho de uma canoa com duas mulheres no meio de um rio. O rio se parecia muito com o rio perto de onde ela cresceu. Leembrou-se de como esse rio sem nome nascia no topo do pico mais alto de San Recimo e se misturava com o mar quando chegava à costa. Inspirada por sua nova obsessão pelo rio e por uma vaga sensação de que a vida estava lentamente deixando seu corpo, decidiu retornar a San Recimo, pela primeira vez em décadas, para visitar seu antigo rio com sua amiga Mel. Ela sabia que essa poderia ser a última chance de retornar ao antigo lar. Na noite anterior à partida, sonhou com ela e Mel em uma canoa no rio. Acordou no exato momento em que um homem a cumprimentou da margem verde do rio, onde ela sempre brincava quando criança.

10.
Aqui

Xiño e sua amiga Mel estão em uma canoa no rio sem nome. As duas mulheres não estão remando e a canoa está imóvel, o mais imóvel possível, já que há um pouco de vento e a água está se movendo ligeiramente da direita para a esquerda. Em certas áreas do rio a água parece ter sido manchada com um óleo espelhado, espessas distorções de árvores de cabeça para baixo.

Canoas passam pelas mulheres de ambos os lados e é possível ouvir crianças brincando num parque próximo. As duas estão vestindo o que parece ser um traje profissional de canoagem, e ambas estão usando grandes óculos de sol verdes, que são um pouco exagerados, mas ainda assim muito profissionais. Elas estão deitadas, com a boca aberta, olhando para cima e ao redor. Todos os outros canoístas estão remando, subindo ou descendo o rio.

«Acho que deixei o fogão ligado», uma diz para a outra.

«Não podemos ir embora agora», responde a mais baixa. «Você vai ter que deixar sua casa queimar...», ela acrescenta com um sorriso.

A mais esguia das duas olha ao redor, impaciente, e depois se inclina para um dos lados para olhar a água. Estão em uma área irregular. O movimento brusco desequilibra a canoa, e a mais baixa é forçada a se inclinar para o lado oposto.

«Você não pode fazer isso, Mel... Se eu não tivesse feito aulas de remo, teríamos perdido o equilíbrio e virado» ela diz, enquanto observa seu próprio reflexo na água.

Mel retorna ao centro e a canoa inclina-se para o lado da outra mulher.

«Mel, você tem que me avisar se você se mexer! Você está nos fazendo parecer inexperientes.»

Ambas se viram para observar as outras canoas passando rapidamente por elas na água manchada.

Um homem idoso com uma camiseta amarela está descendo a pequena colina que leva ao rio, não muito longe da área onde as duas mulheres estão.

«Mel, acho que esse é o homem dos meus sonhos.» O homem acena para elas e a mais baixa acena de volta, nervosa.

A canoa começa a afundar e as duas mulheres desaparecem lentamente.

Momentos depois, um homem sem camisa move sua canoa da esquerda para a direita e, ao passar perto de onde as duas mulheres estavam, deixa um rastro de água perfeitamente oleoso, como se estivesse apagando a mancha que antes cobria a área.

Quando desaparece de vista, o rio inteiro parece um espelho laranja escuro e espesso, cheio de galhos caídos, salpicado de patos brancos e brilhantes.

Mel sente que seus olhos estão bem abertos, mas seu corpo está adormecido. Sua respiração, de alguma forma, é externa a ela. O ar, se é que podemos chamá-lo assim, está fervendo com alguma coisa. Há algum tipo de tinta verde-escura ao redor dela. É como se tivesse entrado em um órgão. Um pulmão.

«Mel, você pode me ouvir?», Xiño pergunta. «Mel, está tudo bem? Você está aqui?»

«Sim, sim», responde Mel.

«*Olá, Mel, olá, Xiño*», diz uma terceira voz. Parece uma mulher, mas também pode ser um homem. É uma voz fraca e quase inaudível, mas as palavras são articuladas com tanto cuidado que parecem estar dentro das cabeças das duas. «*Bem-vindas à órbita ocular.*» A voz fica em silêncio por um momento, deixando seu eco ressoar na escuridão sinuosa.

«Esta parte da sua vida não é mais real ou significativa do que a parte que veio antes dela. Embora possa lhes parecer que vocês foram escolhidas, eleitas, para essa transição, devo lhes dizer a verdade e confessar que todo ser na Terra passa por isso, mais cedo ou mais tarde.»

«Provavelmente já conheceram dezenas de pessoas que já estiveram aqui antes.»

«O fato de que todos passarão por isso mais cedo ou mais tarde significa que a órbita ocular é parte integrante da vida. Não há mais verdade aqui do que lá fora.»

«Vocês se lembrarão de tudo o que acontecer aqui quando partirem. Mas não terão nem desejo nem necessidade de falar sobre isso. Sei que pode parecer um evento extraordinário agora, mas é tão extraordinário quanto uma gravidez ou uma música, ou qualquer outra coisa que aconteça fora da órbita do olho.»

«Nós chamamos isso de órbita ocular porque, de certa forma, vocês estão dentro do olho da Terra. Quando vocês estão fora do olho — no que vocês chamam de 'vida real' —, vocês observam a realidade — o olho — e veem seu reflexo, como quando olham alguém nos olhos. Mas, quando estão dentro do olho da Terra, vocês podem observar a vida lá fora da maneira como a Terra a observa.»

«A todos nós é concedido olhar, por um instante, o olho da Terra, não porque merecemos, mas porque o equilíbrio do

nosso sistema exige que experimentemos todos os aspectos da vida na Terra em todos os níveis possíveis de compreensão. A órbita ocular é o único momento na vida de uma pessoa em que o que está oculto se manifesta e o que é manifesto se esconde. Devido à intensidade do que está oculto, um breve momento aqui é equivalente a centenas de vidas. Seu efeito é projetado para frente, no futuro, mas também para trás.»

«Então, em certo sentido, vocês sempre estiveram aqui, embora ao mesmo tempo estivessem vivas e ativamente noutro lugar.»

«Ao longo da história, os seres que chegaram ao olho da Terra estavam quase sempre numa condição animal avançada. É assim que normalmente se acessa essa realidade. Mas, nos últimos tempos, o advento da tecnologia humana fez com que os corpos de muitos animais já não fossem capazes de abrigar uma alma como antes. Como tudo na Terra se transforma, o equilíbrio sobre o qual o sistema se apoia criou outras formas de acesso à órbita ocular.»

A terceira voz ainda não terminou de ressoar na atmosfera densa, ondulando de forma não muito diferente da água oleosa que a recobria, e Mel começa a refletir sobre sua vida antes daquele momento. Percebe que, na verdade, esse sentimento sempre a acompanhou, sempre esteve dentro dela, silenciosamente escondido como um lagarto num amontoado de pedras. Ou como um murmúrio profundo, intenso, mas silencioso. Sim, ela reconhece esse vazio, como um útero sem embrião — se lembra de momentos de sua vida repletos dessas sensações, mas com um milésimo de intensidade.

Enquanto pensava nessas coisas, percebeu que naquele lugar o próprio ato de pensar era diferente. Não tinha um lugar no tempo. Nada se acumulava, era mais como se todos os pensamentos já estivessem *ali* — pegando fogo — e

o pensamento fosse o calor emanando do fogo, sem diminuir nem aumentar — um fluxo constante de calor. Ela percebeu que naquele espaço um fogo ilimitado e imutável queimava as paredes de um útero de atmosfera aquosa. Perguntou-se se poderia haver um fogo semelhante em seu olho. Pensou em Xiño e percebeu que ela já não estava por perto. O terceiro ser também se fora.

Ela decidiu acolher o calor de cada pensamento que emanava do fogo em um único momento e se concentrou como fazia durante as sessões de meditação com suas irmãs em San Balín.

Não percebia a passagem do tempo. No calor do fogo, seus pensamentos se tornaram camadas de vidro, visíveis umas através das outras, como uma pilha de negativos que se queimavam e envolviam todas as imagens no fogo de um holograma. O calor pairava em sua mente como uma massa de corpúsculos e ela orbitava as chamas diáfanas como um satélite. Entendeu que era sua órbita que delimitava a esfera e que estava de alguma forma ligada ao fogo por um fino véu de gravidade que dissolvia sua concepção de espaço uterino interior. Não era um simples espaço sob a Terra. A Terra inteira estava contida nas chamas. Não estava abaixo da superfície do rio, mas dentro da força do rio. E não eram seus pensamentos. Eles eram *o* pensamento, *a* figura, *o* som da terra. Mas como era possível entender a totalidade e ainda se sentir como um satélite em órbita? Se ela conseguia entender que tudo estava *ali*, por que sentia que nada estava *aqui*? Onde estaria o olho da Terra, se não estivesse *aqui*?

Pensou sobre *aqui*. Sabia que estava *aqui*, mas parecia que *aqui* era *ali*. Onde estava o *aqui* que ela conseguia sentir? Tentou sentir seu corpo. Não havia nada que pudesse sentir além do calor de um *ali*. Ela estava tão perto do centro de

tudo, e observava tudo de todos os ângulos, via tudo queimar, via tudo. Ela precisava se sentir *aqui*. *Precisava* se fundir com o fogo, *precisava* se tornar a imagem da Terra. A única solução era parar de pensar e ceder, tornando-se o calor das chamas. Ardia de desejo. Desgastada pela ausência do *aqui*. Sentiu o calor envolvendo seu ventre, sua mente tremendo pelo desejo enquanto se rendia a uma fusão violenta com as chamas transparentes.

Xiño observava Mel através dos óculos de sol. Com uma expressão vazia e os olhos semicerrados, ela mirava o céu, depois a água, depois a canoa, depois suas mãos e depois de novo Xiño.

«Vamos tentar remar um pouco?», perguntou Xiño, pegando o remo e começando a remar do lado direito. Mel pegou o remo na esquerda e fez o melhor que pôde. Eles deslizaram suavemente sobre a água oleosa, passando por outras canoas, outras árvores e outras pessoas. O sol estava se pondo e o ar estava começando a esfriar. Acima delas, as gaivotas grasnavam.

«Vamos deitar em algum lugar?», perguntou Xiño, depois de remar por cerca de meia hora.

«Sim», Mel respondeu calmamente.

«Onde?» perguntou Xiño, olhando ao redor.

Mel olhou para a margem e viu um trecho arenoso na grama bem perto de onde elas passavam. Pegou o remo e o mergulhou na água, parando a canoa abruptamente.

«Aqui.»

11.
A morte de Xiño

Xiño morreu pouco tempo depois da viagem de canoa com Mel. Autoridades do governo em San Balín decidiram homenageá-la nomeando a nova ilha, então em processo de clonagem, de «Quarxiño», e iniciaram um projeto experimental de «Governo Maquínico», um plano gradual que ao longo de um século veria a automação progressiva de processos administrativos usando algoritmos que, após aprender os hábitos dos habitantes, adaptariam a infraestrutura, a arquitetura, as leis e até mesmo a dieta da ilha para melhor atender às metas de produção.

Enquanto isso, ao longo do perímetro de San Recimo, eles colocaram guardas cuja tarefa era administrar (usando canhões de ar comprimido) uma dose diária de Wnofelamina aos habitantes extasiados da ilha. A droga alterou as funções cerebrais da população de San Recimo, que, em poucas gerações, «voltou ao normal», sem nenhuma diferença fisiológica observável em comparação aos habitantes de San Balín. Os cientistas ficaram entusiasmados com os dois grupos experimentais: um governado por máquinas e o outro governado por uma droga. Um clonado do outro. Por alguma razão ainda desconhecida pelos cientistas, a Wnofelamina fez com que os habitantes de San Recimo desenvolvessem uma obsessão por balões, fato mantido em segredo dos turistas, que começaram a visitar as espirais de arame farpado

recobertas de balões como atração turística por volta da metade do século.

No início da segunda metade do século, os habitantes de Quarxiño, cada vez mais inquietos devido ao «Governo Maquínico» e tudo o que ele implicava, começaram a fugir em massa da ilha, na esperança de entrar em San Recimo pelo mar. A traiçoeira viagem marítima entre as duas ilhas resultou em milhares de mortes; os guardas de San Recimo, sob a autoridade de funcionários do governo de San Balín, mataram a maioria dos quarxiñanos em fuga assim que eles se aproximavam do muro da fronteira. Os poucos que conseguiram atravessar escolheram deliberadamente respirar a Wnophelamina transportada pelo ar em vez de viver no mundo que as máquinas estavam lentamente criando em Quarxiño — era a esse ponto que as coisas haviam chegado na ilha clonada. Enquanto isso, San Balín era tão bem protegida pelo exército, com vigilância impenetrável por dentro e por fora, que qualquer tentativa de entrada ilegal era inútil desde o início.

12.
Richard, um garoto que viveu em Quarxiño no final do século (Parte 1)

Uma bola de cristal transparente rola pela rua, algumas pessoas a notam mas ninguém a toca, até que Richard, um garotinho, corre em sua direção e a observa por um instante antes de perceber, ao pegá-la, que era mais pesada do que imaginava. Ele pousa o olhar sobre a esfera e observa como ela afeta sua visão.

«É uma peça de máquina», diz o pai do menino. «Elas não… estão vivas, então têm certos problemas com… a gravidade», ele continua, apontando para a fábrica.

Naquela zona de Quarxiño, avistar peças de maquinário aleatórias não era algo raro.

O pai deixa que o menino leve a bola de cristal para casa e a coloca em sua mesa de cabeceira.

No meio da noite, o garoto acorda e olha para sua esfera de vidro. Ela brilha sutilmente na escuridão, maior que sua mão, menor que sua cabeça. Ele sente uma vontade inexplicável de quebrar a esfera, de ver o que tem dentro dela. Mas sabe que seus pais ficariam furiosos. Tenta dormir de novo mas não consegue, a única coisa que povoa seu pensamento é descobrir um modo de quebrar esse objeto. Vai silencioso até o segundo andar da casa, subindo a escada vermelha na ponta dos pés para que ninguém acorde, e entra no banheiro no final do corredor, segurando firmemente a bola de cristal em sua mãozinha. Abre a janela e olha para baixo — dois andares os separam do chão cimentado.

Será que todos vão me ouvir? Não importa, ele diz a si mesmo. Olha uma última vez. Solta o orbe, que espatifa no cimento, em centenas de pequenos pedaços. Desce correndo para o primeiro andar, descuidado e barulhento, pois não consegue conter a excitação. Viu que a esfera se partiu em pedaços, mas não conseguiu entender, na escuridão, o que eram aqueles fragmentos.

Quando chega ao térreo, abre a porta da frente da casa e caminha em direção à centena de fragmentos de cristal dispersos sobre o cinza-escuro do cimentado. Uma luz suave e alaranjada vinda dos postes da rua atravessa as árvores e o portão e ilumina a cena.

Ele recolhe um dos cacos de vidro e o observa. É como a bola, só que quebrada, pensa. Ao recolher outro caco ele corta o dedo com o primeiro fragmento e começa a sangrar. Instintivamente sente vontade de chorar, de gritar por ajuda, mas se detém. É melhor chorar em silêncio. Estar encrencado e sangrando é pior do que só sangrar.

Ele não chora. Está orgulhoso.

Recolhe mais outro caco e dessa vez se corta na outra mão. Sangra de novo. Não chora.

Ele mistura o sangue de uma mão com o sangue da outra.

Sob a tonalidade alaranjada da luz do poste, o sangue parece preto.

Na luz alaranjada, o sangue de sua mão esquerda é da mesma cor do sangue da mão direita.

Sob a tonalidade alaranjada da luz do poste, o sangue tem o mesmo gosto de todo o sangue que ele já provou.

Na luz alaranjada, a criança começou a ganhar plena consciência de seu corpo e a crescer, se tornando cada vez menos uma criança.

Sob a tonalidade alaranjada da luz do poste, a criança compreende que um pouco de dor não é um problema se ninguém ficar sabendo.

13.
Carta perdida a Hennle

Seela, filha de Hennle, recebeu uma carta de Recimo meio século depois da morte dele. Uma vez iniciadas as doses de Wnofelamina, foram criados inventários e arquivos de todos os objetos da ilha. Um funcionário antigo deliberou que toda a correspondência em suspenso, independentemente da data, fosse despachada. A carta, por obra misteriosa do acaso, chegou no dia do aniversário de Hennle.

Minha amada Henni,

Tenho pensado nas formações geológicas, em como o calor de uma esfera viva escala e se lança ao céu aberto, recaindo sobre sua própria terra. Tenho pensado nas erupções, nas cinzas e nos rios de lava que colocaram fim a mundos inteiros. Tenho pensado em céus negros, plenos de partículas de uma natureza morta, como um véu cinzento velando a luz do sol, que, no entanto, ainda arde.

O vulcão vigia a cidade enquanto ferve, treme e borbulha sob a litosfera. Enquanto você dorme, a montanha se move. Os cientistas dizem que ela se desloca 14 milímetros por ano. Em direção ao Mediterrâneo. Em alguns milhares de anos terá chegado até a costa da África.

Geografia de fogo, energia acumulada. Uma topografia vomitada. Uma placa de terra gigantesca cria em seus confins a maior parte dos vulcões do mundo. Se chama «círculo de fogo», e compreende toda a costa oeste do continente americano — Califórnia, México, Peru, Chile etc. — e, do outro lado, as Filipinas, o Japão e a Nova Zelândia.

Você está no meio das placas em colisão — estas se chamam bordas «convergentes». Mundos sob nossos mundos visíveis entram uns nos outros, acumulando pressão que vai incendiar as enormes câmaras de magma do centro da terra.

Estas câmaras são rocha líquida.

Penso em você, minha folhinha, sobre esses mares de fogo subterrâneos e penso nos aquíferos, outros mares subterrâneos, por baixo do deserto de onde agora te escrevo e me assombro com a simetria. Se somos unidos numa única alma que habita nosso terceiro ser, aquele de onde o amor se manifesta, então talvez eu possa alcançar o aquífero apenas se você estiver perto da câmara de magma.

Se você está ligada a mim, eu estou a você, e é a tal ponto que você me move geograficamente para dar forma ao equilíbrio que nosso terceiro ser necessita. O amor forma na mesma medida em que de-forma.

Quero viver no interior das câmaras, dos aquíferos. Quanto tempo passamos nos ocupando de seres piroclásticos. Seres erupcionados de acúmulos ideológicos, que tropeçam e devastam ecologias de paciência. Devo admitir, não tenho paciência alguma nas camadas superiores do meu espírito. Sou uma criança e não vou esperar por certas coisas, Hennle. Me transformo num lahar e com a lama deslizo por estas teimosas pirâmides de terra.

Nossas tefras nunca são coplanares.

Na nossa pré-imagem, uma elástica equação de equilíbrio.

Nosso metabolismo, uma balança equilibrada.

Quando nos deixamos, damos lugar a uma forma diferente de trama. Estamos equidistantes ao nosso centro, nossa terceira imagem, algum lugar no mar, perto da costa de Cabo Verde, talvez. Ou, então, talvez tudo aconteça nas vibrações que ecoam das camadas internas de um mar derretido. Um mar de rochas liquefeitas, como uma crisálida sob nossos espíritos, que pode se solidificar — se tocar água ou ar.

Me pergunto se estamos por baixo do manto terrestre, num tipo de Ecumenópolis em chamas. Me pergunto se você é meu xenólito, e eu o seu.

Me pergunto se a ceviana que surge entre nós floresce como espírito partícula bruma sal água vento de alguma parte dos mares entre Brasil e Guiné.

Me pergunto se podemos nos orientar apenas de acordo com o zênite entre nós. Ou se nossos nadires não estão despertando, chacoalhando como as entranhas do Monte Etna.

Será que alguém, além de você e de mim, consegue ouvir estes sussurros? Determinadas serão as profundezas de nossas águas por um eco sussurrante que soa como um sonar que você me envia e eu recebo, traduzido.

Nossos azimutes se cruzam ou correm em paralelo? Esse amor é um dique ou um oceano?

Um terceiro ser nascido de uma zona de subducção escura e aquosa — não um axioma mas um movimento. Não um fantasma mas uma árvore antiga. Não um baú mas um cânion. Nossa hipsografia é invertida, de modo que não enxergamos a altitude da nossa fertilidade. A inundação do nosso centro. O xilema imaterial que nutre nossas aberturas intersectadas.

Agora a trama está se distorcendo. Se pixelizando e fotossintetizando.

Você é o fluido do meu nível.

14.
Richard, um garoto que viveu em Quarxiño
no final do século (Parte 2)

Sete crianças caminham para a escola. Ao cruzar as fileiras de casas da vizinhança é possível ouvi-los como uma algazarra de passarinhos, mas nada se vê. A névoa está tão pesada que transforma até as luzes claras da rua em pinceladas de fagulhas alaranjadas.

Uma das crianças, Richard, está brincando com um pequeno laser vermelho que encontrou pela rua. As crianças estão encantadas com o modo como o raio atravessa a névoa, cortando a paisagem, embaçada de laranja e azuil, com uma fina e precisa linha vermelha. Richard tem onze anos — um a mais que o resto das crianças nesse grupo —, e dá para perceber: ele os guia confiante pelas ruas de Quarxiño no caminho para a escola. Quando se aproximam do prédio antigo onde passarão todo o dia, Richard começa a apontar o laser para outras nuvens de crianças que chegam ao mesmo tempo, sem que nenhuma delas se dê conta. Isso faz o grupo rir e berrar em excitação.

A escola primária de Richard foi, no passado, uma «igreja» que depois foi convertida em escola. Na metade do século, os algoritmos dividiram o interior da igreja em diferentes escritórios e salas de aula. O teto das pequenas salas alcançavam até oito metros de altura, e as paredes internas foram erguidas displicentemente, sem interesse ou conhecimento algum sobre a «cristandade» ou qualquer que fosse a

função que se esperava desse edifício no passado. Em geral, o acesso à escola é vetado aos mais velhos, pois reclamam sempre das mesmas coisas: «Como puderam permitir que as máquinas organizassem este espaço assim!», «Como se permite que uma máquina ensine biologia!». Os algoritmos perceberam que essas críticas conservadoras eram prejudiciais ao rendimento geral da escola, então compreenderam que seria melhor se o acesso fosse permitido somente às crianças. Tem sido assim há gerações.

Richard e sua turma chegam à escola e se acomodam. A sala de aula tem vitrais verdes e amarelos no lado esquerdo, pé-direito de oito metros e um «altar» no centro da sala. No lado direito, se vê uma estátua de «Jesus», cortada ao meio com simetria quase perfeita por uma fina parede branca que separa esta sala da próxima. Sobre o altar, os algoritmos colocaram uma longa caixa retangular de vidro. Na extrema direita da sala, se vê um «confessionário», mas sua estrutura externa também foi refeita em vidro, de modo que se parece com duas pequenas cadeiras divididas por uma parede de treliça de madeira.

    Um pedaço do vitral estava quebrado, na parte mais alta, próxima ao teto, então, os algoritmos construíram um pequeno túnel de vidro que entra diagonalmente na sala. O que o algoritmo não previu foi que os pombos acabariam por construir seus ninhos nesse túnel de vidro e que isso seria uma fonte interminável de fascínio para as crianças, oito metros abaixo. Para contornar esse déficit de atenção, os algoritmos decidiram implementar a regra dos quatro olhos: se mais de quatro pares de olhos mirarem em direção ao túnel de vidro, uma fonte de ar pressurizada empurra os pássaros para fora do túnel, através das janelas verdes e amarelas, em direção à

rua. Porém o que os algoritmos também não previram foi que a pressão tão violenta da corrente mecânica produziria um vento tão forte e cortante que, a cada golpe, as cabeças dos pombos seriam arrancadas e arremessadas para fora antes de seus corpos, transformando a estrutura num túnel de sangue de pombo velho.

Richard mantém o laser vermelho no bolso durante toda a primeira aula, e brinca com o objeto com as mãos no bolso, entusiasmado. É um artefato tão antigo que se parece completamente futurista para ele. Como será que os algoritmos vão reagir, ele se pergunta.

O primeiro horário é uma aula de história marinha durante a qual é ensinado às crianças o que são os peixes. O contêiner de vidro retangular em cima do altar se enche de água salgada e diversas espécies de peixes aparecem, uma por vez, nadando para cima e para baixo por causa da forma vertical do contêiner. Uma luz suave os ilumina a partir do alto e as crianças, excitadas, tocam o vidro e conversam com os peixes. A cada minuto, o peixe, num giro, se transforma em outra espécie, o que dá lugar a uma nova explicação pela voz do algoritmo, que ressoa pelos quatro cantos da sala. As lagostas, especialmente, empolgam as crianças, que berram enojados quando a voz lhes conta que até há poucas décadas os humanos comiam crustáceos. O nível de excitamento é tamanho que, em algum ponto entre a lagosta e o caranguejo, duas crianças são mandadas ao confessionário, onde são forçadas a se sentar sob uma bruma azul que as envolve. Essa bruma é um composto alquímico que as acalma tanto que caem no sono dentro da cabine. Esse algoritmo não cuida de crianças adormecidas, então as deixa ali, num sono entorpecido, até o fim da aula.

A escola se encontra na área mais pobre de Quarxiño, e a ausência de fundos não permite ao bairro atualizar os algoritmos, o que resulta nesses episódios estranhos. Tudo é registrado em vídeo e enviado ao quartel-general da SSB (Single San Balín), a empresa proprietária dos algoritmos, que, sem o devido financiamento, não pode atualizar o software.

Esse tipo de problema técnico diverte muito as crianças, que, sem exceção, morrem de rir da dupla adormecida, com as carinhas amassadas contra o vidro. A situação impele Richard a tirar o laser do bolso e apontá-lo para a testa de uma das duas. O pequeno ponto vermelho causa um pandemônio enquanto viaja da cabeça de uma das crianças entorpecidas para a outra, através da bruma azul.

Todos os olhos se voltam para Richard, que agora faz o pequeno ponto vermelho percorrer toda a sala — pela vidraça, pelo altar, sobre os peixes e, por fim, sobre a meia estátua de «Jesus». Naquele ponto as luzes se apagam de repente, deixando tudo completamente no escuro. Quando, sobre o altar, surge uma água-viva, as crianças começam a berrar — é o momento da aula em que o algoritmo explica o ciclo vital do único animal que ainda é possível encontrar no escuro abissal do oceano. Deveria ser um momento por si só, já que a maioria desses animais são coloridos e iridescentes — é considerado o ponto alto desse software premiado —, mas o laser de Richard supera toda a excitação: agora está apontado para dentro da sua boca, tingindo sua garganta de um carmesim efervescente. O algoritmo, nesse meio-tempo, acredita que a alta concentração de dopamina nas células cerebrais das crianças se deve aos seres marinhos iridescentes, então nada é feito para conter o caos.

As crianças olham para Richard excitadamente, através da água-viva, enquanto ele abre e fecha a boca, a água

salgada distorcendo seu rosto apenas o suficiente para parecer que ele está derretendo.

As persianas se abrem, e uma tênue luz do sol bate na sala, refratada pelo verde e amarelo das antigas janelas e pelo sangue dos pássaros. Richard esconde seu laser e corre para a próxima aula enquanto, ao longe, na costa de San Recimo, uma gaivota pousa de costas, como um anjo, numa calma mancha cinzenta no oceano.

15.
Aula de história

Richard se dirige à próxima aula, seguido por sua gangue de crianças enlouquecidas. Assim que entram na sala de história, uma bruma os envolve e tem efeito imediato em seus corpos: eles relaxam, recuperam o foco e se sentam silenciosamente nos bancos, subdivididos para criar assentos individuais. A sala é iluminada por um espelho, localizado estrategicamente para refletir a luz de uma janela situada num ângulo escondido daquele espaço diagonal. O espelho costumava ficar no jardim, voltado para o céu, mas os algoritmos perceberam que a quantidade de luz que entrava na sala de história levava a resultados aquém do esperado, por isso o deslocaram para sua posição atual, de onde reflete a luz distribuindo seus tons suaves no espaço.

As máquinas iniciam a aula — um aprofundamento sobre os hábitos das kavali de San Balín:

Pela manhã, quando uma kavali acorda, empunha o cálamo que carrega pendurado em um colar e começa a escrever tudo o que precisará «dizer» ao longo do dia em diversas partes do próprio corpo. Geralmente a parte do corpo escolhida tem, de um jeito ou de outro, uma conexão simbólica com o conteúdo da escrita.

Richard afunda a mão no bolso e brinca com seu laser. Os efeitos da bruma estão se dissipando dos corpos das crianças, que começam a se inquietar.

Então, se uma kavali precisar de ajuda para carregar algo, poderá escrever a mensagem nos braços, que simbolizam força. Se estiver de luto, poderá escrever o nome do falecido perto do coração ou dos pulmões.

Richard saca o laser e o aponta para sua outra mão, que fecha em forma de concha, criando uma poça de luz vermelha. As crianças sentadas próximas a ele olham fixamente para o vermelho, hipnotizadas. Ele desliga e mira para o espelho que reflete a luz da janela oculta. Está voltado diretamente para ele, então quer ver se consegue apontar o laser diretamente para si.

As kavali carregam em si, em média, centenas de palavras escritas. Algumas palavras e frases são lavadas no mesmo dia em que foram escritas, outras permanecem intactas por meses.

Ele liga o laser e atinge o espelho, que o reflete no corpo de Richard, perto de sua barriga. Toda a classe o observa. Algumas crianças se entreolham, procurando saber quem mais teria um laser, sem compreender a lógica do reflexo. Richard mantém o laser na altura de sua barriga e muito lentamente começa a deslocá-lo para cima. Quer repetir o truque de preencher sua própria boca de vermelho, mas posicionar o laser assim é muito mais difícil por causa da distância que o raio deve percorrer para chegar até o espelho e voltar.

E então acontece. Enquanto Richard arrasta o laser pelo seu corpo em direção à boca, as máquinas emudecem. As crianças olham para a tela. Está desligada. A única luz digital na sala é o laser sobre o coração de Richard.

De repente, a máquina recomeça a falar, com a tela piscando:

poderá escrever o nome do falecido perto do coração poderá escrever o nome do falecido perto do coração poderá escrever o nome do falecido perto do coração ela pode escrever o nome do falecido perto do coração ela pode escre-

ver o nome do falecido perto do coração ela pode escrever o nome do falecido perto do coração ela poderá escrever o nome do falecido perto do coração poderá escrever o nome do falecido perto do coração... a flecha pousou na árvore a flecha pousou na árvore a flecha pousou na árvore a flecha pousou na árvore a flecha pousou na árvore a flecha pousou na árvore a flecha pousou na árvore a flecha pousou na árvore e seu alvo foi declarado e seu alvo foi declarado e seu alvo foi declarado e seu alvo foi declarado e seu alvo foi declarado e seu alvo foi declarado e seu alvo foi declarado e seu alvo foi declarado e seu alvo foi declarado e seu alvo foi declarado e seu alvo foi declarado e seu alvo foi declarado e seu alvo foi declarado o velório foi marcado o velório foi marcado o velório foi marcado o velório foi marcado o velório foi marcado o velório foi marcado o velório foi marcado o velório foi marcado o velório foi marcado o velório foi marcado o velório foi marcado o velório foi marcado o velório foi marcado para a primeira rajada de vento para a primeira rajada de vento para a primeira rajada de vento para a primeira rajada de vento para a primeira rajada de vento para a primeira rajada de vento para a primeira rajada de vento para a primeira rajada de vento para a primeira rajada de vento a flecha caiu a flecha caiu a flecha caiu a flecha caiu a flecha caiu a flecha caiu a flecha caiu a flecha caiu a flecha caiu a flecha caiu a flecha caiu a flecha caiu a flecha caiu a flecha caiu porque a incisão era pouco profunda

a incisão era pouco profunda
a incisão era pouco profunda
a incisão era pouco profunda
a incisão era pouco profunda
a incisão era pouco profunda
a incisão era pouco profunda
a incisão era pouco profunda
a incisão era pouco profunda
a incisão era pouco profunda
a incisão era pouco profunda
a incisão era pouco profunda

os espíritos invocaram   a pá e o rastelo
                                      a pá e o rastelo
                                      a pá e o rastelo
                                      a pá e o rastelo
                                      a pá e o rastelo
                                      a pá e o rastelo
                                      a pá e o rastelo
                                      a pá e o rastelo
                                      a pá e o rastelo
                                      a pá e o rastelo
                                      a pá e o rastelo

para recolher os pedaços pedaços pedaços pedaços pedaços pedaços pedaços pedaços
         dispersos dos utensílios síliossíliossílios sílios sílios
que nos mantinham a distância cia cia cia cia cia cia cia cia cia cia
         e tão cansados de ascensão
os espíritos permaneceram distantes s s s s s s s s s s s s s s s s s
         juntos dos que queriam apenas esperar r r r r r r r r r r r r r
que o vento recomeçasse asse asse asse asse asse asse asse

         e lançasse a flecha novamente
em direção a seu centro

                a ponte amor não é flecha
                a'chamamos potemkin
                porque nada vê senão n'avios
                e a medula con'some

de g'ritos ouv'idos sob
a urdidura
d'o visível
desde sem'pre distorcido até o já visto
o já mensurasurasurasurasurasura
surasurasurasurasurasurasura surasurasurasura
surasurado
desde já

os simples deus'es são os primeiros
e
instilam medo e obediência lhes é serivda
e
os an'jos estão por perto
e se diz aos presentes
que é um bom momento para comer algo enquanto esperamosamosamos
amosamos

amosamos

amos
amos

ssssss
s
s
s
ssss
s
s
ss

então chegam deuses intermediários
e
comandam com o ex'emplo
e
quem não consegue seguir sabe
que não consegue
mas
encontram espaço assim mesmo

e então
o vilarejo espera no frio
próximo
do fogo
e

chegam deuses complexos
e
observam silenciosos
e
todos se sentem calmos e conscientes
e
aqueles que não con'seguem sentem
o
calor do fogo e
a luz das chamas
ainda os ajuda
'a sustentar o olhar
aos deuses ou às éguas
não faz diferença
por todo o tempo 'o fogo
ardeu e alguns talvez
saibam cantar a simples canção
do queimar das árvores   a morte da raiz
e a mais simples de todas

assim como se diz: a mais divina das divindades
a mais complexa
o inescrutável
fogo tolo pelo qual o mais quen
dos desejos arde
por si só'.

Wathrì e a lendária operação Sankère

Os muros do prédio da frente estão cobertos de cartazes de mártires.

Como surgem mártires a cada semana, se acumulam sobre os muros camadas e mais camadas de cartazes.

Os novos são afixados por cima dos mais velhos, sem que sejam substituídos, e quando chove é possível ver os rostos e os nomes dos mártires mais antigos irromperem do peito dos mais novos.

Hoje chove. Então consigo ver antigos mártires e lembrar de seus nomes.

Abaixo, à esquerda, próximo da esquina com a rua que leva ao campo, ao lado de algumas ervas daninhas e coberto por um grafite verde onde simplesmente se lê «paciência» na língua local, consigo ver o rosto de Wathrì espiando por detrás. Não pensava nele havia algum tempo. Estou te contando isso para que consiga me lembrar. Não para que você possa imaginar, porque, não, você não pode imaginar.

Wathrì foi assassinado pelas mãos da Residência no fim do ano passado.

A cidade inteira entrou em greve, e as lojas que não fecharam foram forçadas por grupos de sarnèses em motocicletas, que ameaçavam os donos com tacos de críquete. Então, a cidade caiu em silêncio.

Até que se ouviram os disparos. Sarnèses atiravam para o alto alertando a Residência que a retaliação viria.

A maioria dos ilhéus sabia que retaliação significava mais mártires, e que seria assim para sempre. Mas também sabiam que cada um dos tiros para o céu era um sinal de que alguém ainda não havia perdido a esperança. Valia a pena desperdiçar essas balas. Valia a pena desperdiçá-las em nome de um futuro diferente, embora improvável. No dia seguinte ao assassinato de Wathrì, as ruas estavam repletas de cápsulas de munição, que já estavam marcadas pelo asfalto grosso da rua que os carros nelas gravaram ao passar.

A caminhada trilhada por Wathrì rumo ao martírio começou no dia em que ele saiu pela grande planície da região de Sankère, onde morava seu tio. A Residência planejava contruir um complexo de moradias de luxo sobre o pasto de seu tio Bèita, que havia sido recentemente posto em detenção administrativa. Depois de alguns meses da malfadada campanha «Bèita livre», que foi arquitetada por estrangeiros e rapidamente abandonada assim que encontraram outro sarnèse ao qual associar suas hashtags, Wathrì decidiu assumir o controle da situação e se lançar com alguns amigos pelas planícies.

Não foi difícil engajar um grupo para essa missão porque a maioria dos jovens tinha um pai, uma irmã, ou um tio, uma tia que havia sido morto, torturado ou detido pela Residência. Lutar por Bèita era lutar por Jàna, por Pièt, por Whàn, por Sinù…

Os jovens pegaram pneus da oficina — que sempre deixava os mais avariados do lado de fora para eles — e rumaram à estrada principal que leva à Sankère.

Esperaram até avistarem a distância os grandes carros blindados da Residência, e então começaram a atear fogo

aos pneus, criando nuvens de fumaça escura que encobriam dois enormes alto-falantes de karaoke que Wathrì pegou do estúdio de música Ganhnèr, onde trabalhava.

Sim, Wathrì trabalhava no lendário estúdio Ganhèr durante o dia, e, enquanto estava concebendo a operação, dias antes de sua morte, estava no processo de mixagem dos vocais de uma música.

Ele se deu conta de que preferia quando a voz estava um pouco mais presente no ouvido esquerdo do que no direito, e se perguntava por quê. Pensou em muitos de seus álbuns favoritos e em como eles, por sua vez, também eram mixados de modo que a voz fosse mais presente no lado esquerdo. Olhou para a mesa e viu o protetor de tela do seu telefone — uma foto de sua mãe o segurando no colo quando bebê, sussurrando algo em seu ouvido.

Era em seu ouvido esquerdo, notou. Riu. Que teoria besta, pensou.

Continuou a arquitetar a operação Sankère.

O principal problema era o fato de que a Residência tinha muito mais munição à sua disposição do que ele e seus amigos jamais conseguiriam obter. Então sabia que era preciso fazê-los gastar munição.

Olhou para as duas caixas de som de karaoke wireless que Ganhnèr havia comprado recentemente para o aniversário de 50 anos de sua companheira.

Então, lhe veio uma ideia: e se ele escondesse os alto-falantes por detrás dos pneus em chamas e tocasse neles sons de disparos? Poderiam conectar drives usb nas caixas, ativar o som e se esconder no mato. Assim, pensou, a Residência gastaria munição sem saber que Wathrì e sua gangue armariam uma emboscada quando menos se esperava.

Telefonou para seus amigos, que logo chegaram no estúdio e começaram a gravar os sons. Espremidos na cabine de voz, ensaiavam o que diriam e fariam se estivessem mesmo por detrás dos pneus queimando, berrando insultos contra a Residência, carregando e atirando direto contra os tanques.

Mas então se deram conta de que podiam dizer o que quisessem, já que não estavam de fato *lá*.

Poderiam até inventar. Poderiam, por exemplo, gravar alguém gritando: «Pegue as granadas!» ou «Ative os drones!», o que confundiria a Residência, já que ninguém na região de Sankère possuia armas daquele calibre.

Em poucas horas tinham todo um repertório de gravações de gritos de batalha, cliques de cartuchos, rajadas de tiros e granadas explodindo. Wathrì mixou tudo em estéreo, e fizeram um teste de escuta em pleno volume. As caixas eram ensurdecedoras.

Wathrì armazenou os arquivos em um drive usb que colocou no bolso antes de sair e, depois de percorrer com os amigos a estrada principal ao pôr do sol, o conectou às caixas, pronto para apertar play assim que vissem a Residência se aproximar.

Quando chegou o momento, apertou alguns botões no painel atrás das caixas para ativar o usb e correu com seus companheiros para a beira da estrada, onde se esconderam e esperaram os tanques percorrerem o vale em sua direção.

Os tanques estavam a algumas centenas de metros de distância dos pneus, que fumegavam intensamente, quando Wathrì percebeu, dos arbustos no outro lado da estrada, que os arquivos não estavam tocando.

Coração disparado, correu de volta pela fumaça preta, buscando freneticamente pelo botão play atrás da caixa. Por sorte, uma pequena luz azul brilhou através da fumaça,

permitindo que ele se orientasse pelo painel, enquanto respirava aos espasmos montes de fumaça preta. Finalmente ouviu o primeiro arquivo de áudio da playlist, que era uma canção popular que todos os sarnèses sabiam de cor: «Vocês podem nos matar, mas nunca morreremos».

Enquanto os gritos do grupo ressoavam pela fumaça dos pneus em chamas e o rumor agudo das armas de fogo vinha disparado dos alto-falantes escondidos, Wathrì correu para a beira da estrada, rezando para que os blindados ainda não tivessem chegado até a barricada — o que no entanto já havia acontecido —, e, enquanto corria em direção dos arbustos, foi atingido nove vezes, caindo sobre a poça de seu próprio sangue e, enquanto morria, ouvia os falantes tocarem o som de sua própria voz, cantando a primeira coisa que gravou depois de arquitetar a operação Sankère, enquanto ainda estava sozinho no estúdio esperando por seus amigos: uma antiga música de protesto que seu tio Bèita o ensinou quando era pequeno, chamada «Você é um cadáver, nós somos uma semente».

Os amigos de Wathrì assistiram a sua morte de muito perto, mas sobreviveram. Sobreviveram porque o plano de Wathrì funcionou. A Residência, completamente perplexa, usou toda sua munição disparando em direção à fumaça negra atrás de onde se escondiam as caixas que continuavam a tocar os falsos disparos, quando os amigos de Wathrì começaram a lançar coquetéis-molotov do mato, fazendo com que os tanques se retirassem em confusão, o que foi filmado e rapidamente compartilhado, para vexame da Residência. Os estrangeiros selecionaram as partes mais sangrentas do vídeo e compartilharam com outros estrangeiros, recebendo assim inúmeros reposts, que fizeram com que um site de notícias

internacional dedicasse um artigo ao caso. Homens e mulheres sarnèse tomaram as ruas e afixaram fotos de Wathrì sobre as dos outros mártires e toda a ilha entrou em greve e as lojas que restaram abertas foram fechadas à força pelas gangues de motocicletas que, como de costume, as ameaçaram com tacos de críquete.

O vídeo de Wathrì sendo atingido pelos tiros enquanto sua própria voz cantava «Você é um cadáver» rapidamente se tornou um dos vídeos sarnèse mais vistos, apesar de sua família ter se oposto ao compartilhamento público das imagens da morte de seu filho para fins de propaganda política.

Bèita foi solto poucos dias depois do assassinato de Wathrì e sua terra lhe foi «temporariamente» devolvida. Os ativistas se regozijaram, de suas poltronas, em cidades estrangeiras, e a Residência resolver focar nos outros 7.809 locais onde planejavam tomar terras sarnèse e esperar que Wathrì fosse esquecido, o que, no tempo devido, aconteceu. Exceto nos dias em que chovia, e era possível ver seu rosto irromper da testa e do peito dos novos mártires.

Estou te contando isso para que consiga me lembrar. Não para que você possa imaginar, porque, não, você não pode imaginar.

O caminho oco

Cirin e Kitchin vivem a poucos metros do Centro, construído pela Mestra Mnaossi e seus discípulos e onde ela ensinou por décadas até recentemente, quando se aposentou e deu lugar a um novo mestre que fez sentir sua presença ao remodelar — e rebatizar com seu nome — a biblioteca do Centro, cujas prateleiras eram tão tortas que remover um único volume fazia tombar a fileira toda.

O novo mestre também proibiu os filhos dos funcionários de brincar do lado de fora, para não perturbar a «paz» dos buscadores espirituais que alugavam quartos próximos aos alojamentos dos trabalhadores. E, então, Kitchin e Cirin construíram um parquinho improvisado usando um colchão velho, um tapete e algumas cordas, e se escondiam, assim poderiam continuar a brincar do lado de fora sem que fossem ouvidos pelos buscadores.

Amontoados em sua tenda, as duas crianças desenhavam uma na outra com o batom de sua mãe e mergulhavam biscoitos no chá com leite. Aconchegadas ouviam o sino do pátio e os potes e panelas sendo lavados ali perto, na cozinha. Das gretas da tenda, espiavam os passarinhos verdes empoleirados nas bananeiras, cujas folhas grossas sombreavam os dois pequenos cômodos de sua casa — um que cumpria a dupla função de cozinha e banheiro e outro onde dormia toda a família.

Ciulan, o pai de Cirin e Kitchin, desempenhava várias funções na manutenção do Centro. Abastecia tanques de óleo, limpava os filtros d'água e comprava a ração de peixe que os buscadores jogavam no tanque do jardim como parte de seu serviço comunitário matinal.

Sanchi, sua mãe, preferia se manter afastada do Centro, embora a houvessem convidado para trabalhar diversas vezes. E isso porque Sanchi ficava profundamente incomodada pelos buscadores e seus hábitos estranhos. Quase nunca falavam a língua local e, no entanto, assim que chegavam já começavam a portar as vestes tradicionais. Quando passavam, davam um sorriso, balbuciavam qualquer coisa e baixavam imediatamente o olhar, os olhos se deslocando para frente e para trás, entre os pés e o chão que estavam por pisar, como se estivessem aprendendo a andar pela primeira vez. E desse modo saíam pululando pelo jardim em direção ao refeitório, e depois na direção do alto do morro, sempre nesse delicado saltitar.

Delicado. Essa é a palavra. Palavra que Sanchi usava com frequência, acompanhada de uma careta para descrever os movimentos dos buscadores. Era como se pensassem que o mundo se estilhaçaria se dessem um passo a mais, ou até mesmo se o olhassem por tempo demais. Será que nunca haviam gritado de dor? Será que se comportavam assim também em suas casas?

A nova regra, que proibia os filhos de Sanchi de brincar ao ar livre, parecia ser a primeira concessão que o Centro faria aos hábitos dos buscadores, e é por isso que Sanchi fechou os olhos para a tenda construída pelos seus filhos. Enquanto os observava de longe, se perguntava o que diria se Sariña, a assistente do novo mestre, batesse à sua porta pedindo que destruísse o parquinho improvisado.

Mal havia formulado esse pensamento, quase por telepatia, Sariña bateu à porta da cozinha de Sanchi. Espantada pelo emaranhado de cordas, tapetes e colchão, suspirou e disse:

«Escute, não faço ideia do que isso seja mas agora não tenho tempo de pensar nisso...» Lançou um olhar severo a Sanchi. «A Mestra virá ao Centro e deverá ficar no 6Y porque lá dentro já está tudo reservado, então diga, por favor, ao seu marido que prepare o quarto imediatamente. Faça com que ele coordene com o pessoal da limpeza e diga para que conserte a janela do banheiro, estamos pedindo há semanas, e, se a Mestra chegar e isso ainda não estiver consertado, vai ser um problema.»

«Não entendi», interrompeu Sanchi, «o mestre não tem dormido lá dentro até agora?»

«Estou falando da Mestra Mnaossi», disse Sariña. «Ela está voltando.»

Sanchi a olhou, confusa.

«Devo repetir o que você deve fazer?»

«Não», respondeu Sanchi.

«Ah, e aquilo ali, tapetes e todo o resto, por favor suma com isso, está muito próximo ao 6Y, e, se a Mestra vir isso, vai pensar que viramos uma espécie de, bem, sei lá...»

«Está bem», respondeu Sanchi.

Enquanto Sariña saía, Sanchi perguntou: «Sariña, por#que a Mestra Mnaossi está voltando?».

Após uma breve hesitação, Sariña se aproximou de Sanchi.

«Ela não disse. Apenas mencionou que, agora que saiu, quer ser de novo uma buscadora.»

Enquanto Sariña se afastava, Sanchi se sentou na cadeira de plástico em frente à casa e pensou na primeira vez

que viu a Mestra Mnaossi. O Centro estava fechado para manutenção e Sanchi desceu até o salão de meditação para levar almoço ao marido, que estava consertando uma janela. Decidiu parar por alguns minutos, e, enquanto observava o assoalho de madeira da sala que brilhava refletindo o sol do meio-dia, um ser esguio apareceu. Era a Mestra Mnaossi, que, depois de fechar a porta sem fazer o mínimo ruído, levou aos mãos ao coração e fechou os olhos, imóvel. Naquele momento, Sanchi pensou, parecia que nada se movia. O ar emudeceu e a chuva parou. Não havia nada além do início de uma oração.

Com essa memória, Sanchi adormeceu, a cabeça contra a áspera parede de areia de sua casa, e despertou, depois de duas horas, com o sino do jantar.

⊔⊥⊔

Como seu marido ainda não havia retornado, ela mesma limpou o 6Y, que era em frente à tenda e de onde conseguia ouvir a risada de Cirin, sua filha mais velha, a quem havia dado o nome de sua mãe, e os gritos do pequeno Kitchin, a quem dera o nome de um santo local, a quem rezava quando estava tentando concebê-lo.

Naquela noite seu marido chegou tarde e se pôs sem demora a consertar a janela, conseguindo terminar de manhã cedo. Enquanto saia do 6Y, se esqueceu de guardar os tapetes, o colchão e as cordas das crianças no quarto de depósito e foi direto para a cama. Isso acordou a família inteira, com Sanchi saindo de camisola para se certificar de que tudo estava pronto para a Mestra Mnaossi, para dar de cara com a Mestra em pessoa e com Sariña, que, ao ver a tenda, lançou a Sanchi um olhar de indignação.

«Que gracinha essa construção. É aqui que suas crianças brincam?», perguntou a Mestra Mnaossi. «Sim, Mestra», respondeu Sanchi.

«Maravilhoso, sempre quis conhecê-las.»

ıL⊥ıı

Com isso, a Mestra entrou no quarto 6Y e iniciou sua primeira estadia no Centro que ela mesma havia construído décadas antes, o qual, na época, se parecia muitíssimo com a tenda construída por Cirin e Kitchin.

Os primeiros dias de permanência da Mestra Mnaossi foram cheios de alegria. Ela sentia falta de sua «casa», e hospedar-se no Centro era uma experiência muito diferente de ser sua Mestra. Agora não tinha nenhuma responsabilidade. Podia aproveitar as refeições — quase tudo fresco, colhido das hortas ao redor —, meditar nas horas previstas e, em seu tempo, livre passear pelo grande jardim, cuja vegetação era cuidada cotidianamente pelos buscadores, que rastelavam as folhas caídas e retiravam as ervas daninhas em silêncio. Era tudo tão bonito, como da primeira vez que havia pousado os olhos sobre esse lugar, pensou, enquanto se deitava para dormir ao cair da terceira noite.

Na manhã seguinte, ao caminhar para o café da manhã, ela apanhou uma pequena pedra que estava equilibrada na beira da escada que conduzia ao refeitório. Enquanto observava, sentiu uma satisfação profunda penetrar seu estômago e então pensou em jejuar, algo que sempre fazia nos primeiros tempos do Centro. Olhou para os buscadores se servindo de grandes vasilhas fumegantes e, agarrando a pedra, virou as costas e caminhou até o salão de meditação. Seria apenas um breve jejum, nada de mais, pensou, se lembrando de seu médico, que desaconselhou os jejuns em sua idade.

Passou o dia todo no salão, percebendo os sons: do vaivém dos buscadores e como seus passos faziam ranger a madeira do assoalho, do ecoar dos sinos, dos pássaros e do tilintar das tigelas ao longe. Sentia-se calma, sua mente lúcida e, sobretudo, havia dormido profundamente naquela noite.

Na manhã seguinte acordou com uma sensação amorosa e quente entre seus pulmões. Enquanto se vestia para a meditação matinal, sentiu um leve formigamento na parte inferior do abdômen.

Caminhou lentamente até o Centro, assim não perderia o fôlego, e entrou no salão de meditação. Sentou-se em sua almofada, que estava posta entre Sariña e o novo mestre, e assistiu à sala pouco a pouco se encher de buscadores. Um sino. Silêncio. Um pouco de vento. O sol que lentamente desaparecia atrás da montanha. Céu cor-de-rosa.

Mestra Mnaossi se sentou confortavelmente em sua almofada, olhos semicerrados, orelhas alinhadas aos ombros, o queixo relaxado, enquanto observava através dos cílios um ponto desbotado no assoalho, na junção entre duas tábuas.

Este foi seu ritual, muitos anos antes, quando iniciou: se concentrava na linha suave que separava as pranchas de madeira. Depois de alguns anos de prática, ela se esqueceu desse momento e o assoalho desapareceu. O ritual se tornou um reflexo.

Mas naquela tarde o assoalho não desapareceu.

Esperou que a visão se dissolvesse na leve cascata de luz da vida, mas seus olhos não se desligavam do pavimento. Era como se todo seu corpo estivesse a ponto de recostar e adormecer, e a camada de fotorreceptores em seus olhos, por sua vez, estivesse funcionando em alta potência.

Após a meditação, saiu imediatamente do salão e passou o resto do dia em seu quarto. Quebrou o jejum no jantar, e por sorte foi uma refeição silenciosa, assim não precisou justificar sua ausência nos eventos do dia.

⊥

«Samiear, tenho uma confissão a fazer», ela disse ao novo mestre na manhã seguinte, enquanto caminhavam pelos jardins antes da meditação.
«Ontem tive um Khashuda».
O novo mestre olhou o rosto magro da Mestra Mnaossi.
«Você jejuou? Me desculpe, Mestra, mas na sua idade não é...»
Ela o interrompeu: «Eu sei, eu sei. O médico me disse mil vezes, mas desejei fazer... não sei. Senti como quando era jovem, estar aqui sem toda...».
A conversa dispersou. Enquanto caminhavam para o salão de meditação, o novo mestre examinou a Mestra Mnaossi mais algumas vezes, tentando disfarçar sua preocupação. Um Khasuda geralmente não acontece nessa altura da vida de um mestre.
Naquela manhã a Mestra Mnaossi conseguiu meditar sem problemas e retornou contente ao seu quarto. Provavelmente não devo mais jejuar, pensou, desfazendo o sorriso de seu rosto.
Aproximou-se da porta, de onde conseguia ver a bananeiras se agitarem no vento da manhã. Conseguia ouvir Cirin e Kitchin brincarem em sua tenda, e decidiu visitá-los.
Agachou-se, espiou dentro da tenda e disse: «Olá, eu sou Mnaossi, e vocês, como se chamam?».
«Eu sou Cirin e ele é Kitchin. Eu falo, mas ele não.»

«Falo sim», disse o pequeno Kitchin.

A Mestra Mnaossi desatou a rir, surpresa — o que por sua vez surpreendeu Cirin, que também desatou a rir, e Kitchin não teve outra escolha a não ser particpar.

Continuaram a rir por um tempo, sem dizer quase nada, até que a Mestra se levantou e caminhou até o salão para a próxima sessão.

Enquanto esperava pelo início da meditação, a Mestra Mnaossi fechou os olhos e sorriu, pensando nas crianças.

Por que não os havia conhecido antes? A mais velha, de tranças, deve ter pelo menos uns 5 ou 6 anos, pensou.

Um suave aroma de madeira queimada pairava no ar e os buscadores entraram um a um. Ela podia ouvir o vento viajando pela floresta vizinha.

O sino tocou e sua mente ficou morna, exuberante de silêncio.

Enquanto apreciava aquela sensação familiar, um respiro gélido penetrou em seus pulmões através de seus olhos. A linha fina que separava as tábuas. Ela voltou. O assoalho.

Era como se nunca o tivesse visto antes.

Todo seu corpo começou a suar frio. Ela piscou através do suor amargo que se acumulava em torno de seus olhos.

O sino tocou. Ela voltou ao quarto exasperada. Deitou-se na cama, percebendo que suas costas estavam molhadas.

Trocou de roupa e abriu todas as janelas. Os pássaros estavam em silêncio.

Sentou-se do lado de fora, na cadeira de plástico de Sanchi, e tentou fazer alguns exercícios de respiração. Não conseguia se concentrar.

Olhou para dentro da tenda das crianças e Kitchin estava lá sozinho, deitado no chão enquanto brincava com um tipo de cubo mágico.

Ela agachou e entrou, sem nenhuma reação do menino. Após um breve silêncio, disse: «Kitchin».

O pequeno Kitchin praticamente não se moveu, de tanto que estava concentrado em seu jogo.

«Kitchin, ontem pela primeira vez na vida tive um Khashuda.»

«E hoje», disse franzindo a testa, «hoje aconteceu de novo.»

Silêncio.

Ela lhe descreveu um Khashuda em detalhe. Ao longo de seu curto monólogo, Kitchin conseguiu resolver o cubo mágico. O menino observou o cubo sem o menor traço de orgulho, enquanto a Mestra Mnaossi, por sua vez, observava Kitchin com atenção; suor se formando nas laterais de seu nariz e acima do lábio superior.

Nesse momento, Cirin entrou na tenda.

«De que vocês estão falando?»

A Mestra Mnaossi responde: «Estava dizendo a Kitchin que não sou mais uma mestra».

«Sim, e é por isso que não podemos mais brincar do lado de fora. Porque tem um novo mestre», respondeu Cirin.

Mestra Mnaossi voltou a seu quarto angustiada, sem saber o que fazer. Não queria tentar meditar de novo. Pensou no que Cirin havia dito, «não podemos mais brincar do lado de fora» e se perguntou se o novo mestre havia instituído uma regra que proibia as crianças de brincar no quintal.

«Sim, eles incomodavam os buscadores», foi a resposta que, na manhã seguinte, o novo mestre deu à Mestra Mnaossi quando perguntado sobre a nova regra.

Sariña, que estava sentada ao lado deles fingindo trabalhar, se intrometeu: «Muitos diziam que não vinham até *aqui* para ouvir grito de criança. Eles vêm procurando paz e quietude, Mestra».

Após o almoço, Mestra Mnaossi passeou pelos jardins e observou os buscadores: um jovem recolhia as folhas, uma a uma, manualmente; uma mulher arrancava as ervas daninhas; um homem idoso traçava círculos no jardim de seixos. Ela se aproximou deles, um a um, e perguntou se os filhos dos funcionários que brincavam no pátio os incomodavam de alguma forma.

O jovem que recolhia as folhas pensou que fosse algum tipo de prova espiritual e avaliou suas opções por mais tempo que o necessário, mas, por fim, disse: «Não, de forma alguma». Os outros se apressaram em responder: «Claro que não», e continuaram a trabalhar, desorientados pela pergunta da velha Mestra, cujo sentido não compreendiam.

Mestra Mnaossi retornou a Sariña e ao novo mestre — que começavam a demonstrar certa preocupação por suas ausências sucessivas das sessões de meditação — e os informou sobre sua enquete: «Perguntei a treze buscadores e todos me disseram que não há nenhum problema se as crianças brincam no pátio».

Decidiram suspender a nova regra, pelo menos durante a estadia da Mestra Mnaossi, a fim de não criar maiores complicações.

No dia seguinte Sanchi tirou as pequenas bicicletas do depósito, e disse às crianças: «Podem voltar a brincar do lado de fora».

Eles deram de ombros e voltaram para a tenda.

Algumas horas depois a Mestra Mnaossi passou pela tenda para comunicar às crianças a boa notícia. «Crianças, podem voltar a brincar lá fora!»

«A gente sabe», disse Cirin.

«Então por que não saem para brincar?», respondeu.

Kitchin rebateu: «É porque a gente fez esta». Um breve silêncio.

Cirin tomou a palavra: «Ele quis dizer que nós que fizemos esta aqui, a tenda... mas não fizemos aquilo», disse, indicando o exterior.

Naquela tarde, a Mestra Mnaossi voltou ao salão de meditação. Chegou cedo e inalou o perfume do incenso e escutou os pássaros pelas janelas abertas. Assistiu à sala se encher de buscadores e ao sol que começava a afundar por detrás do pico mais alto da ilha, que em breve seria coberto por finas nuvens lilás. A meditação começou e o silêncio se fez mais alto.

Mnaossi estava calma, mas sabia que era chegado o momento: um Khashuda repetido deveria ser externalizado, e deveria acontecer nesta sala.

Sabia que Khashuda, etimologicamente, deriva de *Khash,* que significa «poço» ou «cavidade», e de *uda,* que significa «o caminho» ou «a trilha». Sabia que a via do Khashuda se iniciava no poço. E ela deveria saltar.

⊔⊥⊔

«Estou no poço», disse, rompendo o silêncio.

Alguns buscadores se sobressaltaram. Sariña empalideceu. O novo mestre permaneceu de olhos fechados mas seu corpo todo se enrijeceu como se tivesse sido penetrado por uma faca.

Mnaossi pronunciou as seguintes palavras como se estivesse contando algarismos — e poucos sabiam de fato o que estava acontecendo:

o pássaro que traz a semente agora pousa em outra árvore
a árvore que traz o pássaro agora pousa em outra semente
a semente que traz o pássaro agora pousa em outra árvore
o pássaro que traz a semente agora pousa em outro pássaro
a árvore que traz a semente agora pousa em outra árvore
a semente que traz a semente agora pousa em outra semente

o pássaro que traz a árvore agora pousa em outra semente
a árvore que traz a semente agora pousa em outra semente
a semente que traz o pássaro agora pousa em outra semente

calor conduz calor
conduz
calor conduz calor
conduz
calor conduz calor

⊥⊥⊥

Alguns buscadores abriram os olhos. Sariña fechou.
    O silêncio preencheu a sala novamente.
    Os presentes tentaram retomar a meditação.
    Os pássaros acolheram o pôr do sol e o vento moveu as cortinas de seda.
    Mas ninguém conseguia se concentrar, e, enquanto Sariña, o novo mestre e os buscadores observavam com atenção as tábuas de madeira que formavam o assoalho do salão, Mnaossi entrou num estado profundo de beatitude que perduraria até o dia de sua morte, naquele mesmo assoalho de madeira, no último dia do verão.

«Sanchi! Sanchi, acorda! A Mestra Mnaossi morreu, você deve ajudar a vesti-la para a cerimônia.»

Sariña acordou Sanchi e sua família com essas palavras no dia em que Mnaossi morreu. Sanchi atravessou a cozinha correndo em direção à porta da frente, confusa. «O quê?»

Sariña continuou: «Foi especificado que deveria ser você a vesti-la para a cerimônia. Estava escrito no testamento. E ela também quer que Kitchin e Cirin executem a eymae com você e seu marido».

Sanchi se lavou rapidamente e deu de comer às crianças antes de se encaminhar para o Centro. Ainda em choque, entrou no salão de meditação e viu o longo corpo de Mnaossi apoiado contra a parede, pálido. Ninguém ainda a havia tocado.

A sós com Mnaossi, se sentou e escutou o alvorecer. Do lado de fora das janelas do salão, se viam diversas casas com as luzes acesas — uma visão rara àquela hora. Alguém deve estar circulando a notícia.

Sanchi despiu o corpo e levou as vestes de Mnaossi até o rio no vale da floresta. Mergulhou carregando as vestes, e as trouxe de volta para a entrada do salão, onde o novo mestre e Sariña haviam preparado o fogo e o ferro suspenso. Posicionou as roupas ainda encharcadas no ferro, e esperou para ver se a água apagaria o fogo ou vice-versa. Os três, aliviados, viram que o fogo estava começando a queimar as roupas, o que sinalizou a Sariña que agora poderia tocar o sino sete vezes.

Uma multidão rapidamente se reuniu ao redor do fogo e Sanchi voltou ao salão.

Sozinha, com as mãos cheias de brasa, sentou-se ao lado do corpo nu de Mnaossi e gentilmente cobriu seus olhos e ouvidos de cinzas. Moveu o corpo para o centro do quarto, despendurou as cortinas de seda das janelas e envolveu nelas o corpo de Mnaossi. Deixou o corpo coberto no centro do salão e limpou as cinzas do chão com as mãos, exceto as que estavam presas entre as junções das tábuas de madeira.

Com seu marido e as crianças, carregou o corpo para além da fogueira, através da multidão, até o pico mais alto da ilha.

Seguiram até o topo do Monte Dera, acompanhados pelos cânticos da multidão, que cantava alegremente enquanto o corpo era jogado do topo da montanha floresta abaixo, invisível pela neblina da manhã.

Cirin observou seus pais jogarem o corpo da velha Mestra no que, para a menina, parecia um céu sob a terra e se perguntou por que aquele corpo havia sido jogado, enquanto o corpo de sua tia — o único outro corpo que ela vira viver e morrer — havia sido queimado.

⊥

«Por que não jogamos a tia Desrie no céu como a Mestra Mnaossi?», perguntou Cirin à mãe naquela noite, enquanto ela a banhava.

«Porque a tia Desrie não era uma Mestra, Cirin.»

«Por que não?»

«Para ser uma Mestra, você tem que viver como a Mestra Mnaossi. É um... trabalho. A tia Desrie tinha um trabalho diferente.»

Silêncio.

«Ela era carpinteira. Não era uma mestra», continuou Sanchi.
«O que é uma carpinteira?», perguntou Cirin.
«A tia Desrie trabalhava com madeira. Ela fazia mesas, cadeiras, coisas assim. Coisas de madeira.»
 E Sanchi, ao dizer isso, se perguntou se era mesmo verdade que fora tia Desrie quem construíra a antiga biblioteca do Centro. Aquela recentemente reformada pelo novo mestre.
«E com o que a Mestra Mnaossi trabalhava?», perguntou Cirin enquanto abria os olhos, ajudada pela toalha.
«Com nada», respondeu sua mãe. Kitchin olhou para elas, espantado.
Cirin continuou: «Então a Mestra Mnaossi foi jogada pelo ar porque trabalhava com nada?».
Kitchin completou: «E a tia Desrie foi queimada porque trabalhava com madeira?».
Ambos olharam desconfiados para a mãe, mas Sanchi, ocupada enchendo a bacia com água, não os ouviu.
Naquela noite, Sanchi sonhou com Desrie e, no sonho, chorava e gemia, e, quando acordou, sentiu-se aliviada, como se finalmente tivesse conseguido chorar a perda da cunhada.

«Claro que foi Desrie quem construiu a biblioteca», disse Ciulan a Sanchi, mais tarde naquela noite, depois de terem colocado as crianças para dormir.
«Onde ela está agora?»
«O quê?», perguntou Ciulan.
«A madeira da estante», respondeu Sanchi.
«Não sobrou muita coisa que não tivesse apodrecido. Então, usei os poucos pedaços bons para consertar a janela do quarto da Mestra Mnaossi na noite anterior à sua chegada. O resto, queimei na manhã em que seu êxtase começou.»

Instare
volumes publicados

1. Paolo Giordano
   Tasmânia
2. Naoise Dolan
   Tempos interessantes
3. Ilaria Gaspari
   A reputação
4. Antonella Lattanzi
   Coisas que não se dizem
5. Chiara Valerio
   Assim para sempre
6. Mario Desiati
   Expatriados
7. Nicolás Jaar
   Ilhas

Junho
2025
Belo Horizonte
Veneza
São Paulo
Balerna